大人のおもちゃ♥とマジ恋

Ayano Saotome
早乙女彩乃

CHARADE BUNKO

Illustration

すがはら竜

CONTENTS

大人のおもちゃ♥とマジ恋

CHARADE BUNKO

【1】

大人のおもちゃの試作品の検体になることを了承してから数分後。

広い畳の客間には、虎太郎《こたろう》と未央《みお》の姿があった。

全裸で畳の上に仰向《あおむ》けにされた小柄な未央の身体《からだ》には、キャメルカラーの合皮の首輪が巻かれていて、同じように両手首、両足首にもベルトがつけられている。

さらに、左手首と左足首のベルトが、わずか十センチほどの鎖で繋《つな》がっていた。

右手右足首も同じで、そのため未央は立てた膝を大きく開くような形で畳に転がされていた。

明るい髪色と同系色の未央の茶色い瞳が、不安げにゆらゆら揺れている。

可愛《かわい》い容姿とアンバランスとも言える、薄く筋肉のついた引き締まった肢体は魅力的で、その肌は羞恥《しゅうち》に染まっていた。

「虎太郎、こんなのやめて……縛るなんて恥ずかしいよぉ。おまえが開発した大人のおもちゃの実験には約束どおり協力するから、手錠なんて外して」

年下の幼なじみに裸を見られるだけでも泣きたいほどなのに、こんなすべてを明け渡すような開いた格好で拘束されるなんて。

今の未央は虎太郎の手によって、身体の自由のほとんどを奪われていた。

一見するとベルトが痛そうだが、革は合皮だから触ると表面がやわらかく、しかも伸縮性もあるので痛みは一切ない。

この拘束具は虎太郎の勤める会社の既製品だそうだ。

「外して。お願い…」

めずらしく虎太郎は黒縁眼鏡《めがね》をかけているが、フレームにはカメラが内蔵されているらしい。

「未央さん、拘束具は痛くない仕様だから大丈夫でしょ？　だから気持ちいいことにすべて集中できる。それに、首輪やベルトの裏側にはいくつかのセンサーがついていて、血圧や心拍データを取るのに必要だから外せないんだ」

「そんな…でも、こんな無理な体勢、ちょっと苦しいよ」

「嘘《うそ》、あなたは単に恥ずかしいだけでしょ？　さてと。では、さっそく検体一号への実験を開始します」

事務的な淡々とした虎太郎の声にぞわっと鳥肌が立ったが、もう逃げようもなかった。

「さぁ、これから僕にいやらしいことをされて、未央さんがどういうふうに喘《あえ》ぐのかを確かめるから。では、よろしくお願いします。さぁ、未央さんも言って」

「……っ…よ、よろしく、お願い…します…」

普段はヘタレのくせにやけに強引な今夜の虎太郎。

涼しい顔をしたイケメンの彼に、これからどんな破廉恥な実験を施されるのか。

想像するだけで怖くて、それなのになぜか興奮している矛盾した自分を未央は感じていた。

「ねぇ、さっきからいやがってみせてるけど、実際未央さんのコレ…勃《た》ってるから」

虎太郎は漆塗りの長卓にＰＣと謎の箱を置き、撮影カメラなど諸々の準備を始める。

恐ろしいことに真横や頭上、そして足下のそれぞれに定点カメラがセットされ、未央のすべてを録画し始めた。

せめて顔は映さないでと懇願したが、表情から快感を数値化するからダメだよ…と、一蹴される。

「さて。ではさっそく、始めます」

検体の真横に膝をついた虎太郎は、おもむろに未央の乳首を両手で摘《つま》んで揉《も》み始めた。

「あっ！　なっ…ぃき、なり…ぁ…ぁぁ」

「いい声。この前も思ったけど、未央さんって感じやすいよね。特に乳首…ふふ。乳首が感じる人は感度がいいってデータがあるから、この身体を開発するのが楽しみだ」

話しながらも指の腹で乳頭を挟み、根元からこねるように先端まで揉みあげて、乳頭の凹《へこ》みを押しつぶす。

「やぁっ…あぁ。そこは…やめっ…」

身をかがめた虎太郎は、反発してふくらんでくる乳首を今度は舌で待ち構え、抉《えぐ》るように舐《な》め絡める。

「あぁん！　ああ！　や…ぁ、ぅふ…ん…舐め…ないで…ぇ」

ふっくらとした乳首は大きさも色もとても好ましい理想的なもので、虎太郎が触ると信じられないほど大きくふくらんだ。

「へぇ、男でも感じると乳首がこんなにふくらむんだね。倍くらいにはなったよ。すごい」

虎太郎は眼鏡に取りつけられたカメラに、顕著な変化をしっかり収めながら乳首を揉み続ける。

「ぁ！　あぁ…ん…。やっ…痛っ…それ…強いよぉ…」

頃合いになったことを確認すると、虎太郎は今度、謎の箱の中からピンク色のジェルボールを手に取った。

「これはね、未央さんが感じると中で大きくふくらんで腸腔《ちようこう》を広げるんだ。そのあとは体温で熱せられて締めつけられると、ゆっくり溶け出して孔《あな》からあふれてくる。女性みたいにアソコが濡《ぬ》れる恥ずかしい感覚をたっぷり味わってもらうよ」

虎太郎は粘液に包まれた愛液作用のあるジェルボールを小さな蕾《つぼみ》に押しあてると、まるで座薬を入れるようにゆっくり中に押し込む。

「ぁっ！　そんな…ぁぁ…ぃやぁ…入れないでぇ…」

先ほどまで別の男とセックスしていた未央の中は、易々《やすやす》と受け入れてしまう。

「小さいしヌメってるから痛くないでしょう？　でも、中でふくらんで腸腔を存分に広げたあとは溶けるから覚悟して。未央さんがいやらしく感じるほど、ジェルはあふれ出すんだよ」

そしてついに、虎太郎は最初のおもちゃを謎の箱から摘みあげた。

「まずは手始めに乳首のデータを取るから。ってことで、未央さんの両方の乳首にニップルリングを装着するからね。大丈夫。やわらかいシリコン素材だから痛くない」

それは、ほんの小さなリングだった。

だがリングの内側を見ると、まるでダンゴムシの無数の節足のようなヒゲがウジャウジャ出ていて、少しゾッとする。

でも外見が乳白色の綺麗《きれい》なリングだから、視覚的にはつややかで嫌悪を感じさせない。

「あっ！　や、なに…ぁ…あ、ああ！　やだ。そんなの…ハメないでっ…ダメ。だ…ぁ、ぅ…ぅ！」

カチッと音がして、左右順番に、両方の乳首にリングが装着されてしまった。

「うん。見た目も綺麗。じゃあ、今から作動させるよ。リングについたセンサーによって、未央さんの乳首がどんなふうに快感を得るのかがデータ化されるんだ。無線だからコードもないし、気持ちよかったら存分に喘いでも悶《もだ》えても大丈夫だから」

虎太郎がリモコンを手にして操作すると、いきなりリングがバイブレーションし始めた。

「あっ！　や…ぁ…ブルブルし…て…ぁぁぅ…あぁぁ…ん」

まだ振動だけだったが、それでも乳首から甘い刺激が生まれて全身に広がっていく。

「すごく気持ちよさそうだね。ふふ、今度は内側についた繊毛を動かすから」

「や、ダメ…動かしたら…だめ…ぁあ！　ぁんん！　…ふぁぁ！　は…ぅぅ！」

ふっくらした乳頭の周囲を無数の繊毛がゾリゾリなぞり始めて、未央の顎がグンとあがって喘ぎ声が高くなる。

虎太郎はリングの内側についたヒゲを繊毛と言っていたが、むしろやわらかめの歯ブラシほどの弾力があって、恐ろしいほどの快感を与えられてしまう。

「快《い》いみたいだね。気持ちよさそう。なら、今度はニップルリング本体の動きを変えるよ。どんな感じか言ってみて」

今度はシリコンリング自体がグニャグニャと変形し、乳首を揉むようにうねり始めた。

「ひ！　ぁぁ、ぅ…動いて…る…ぅぁ。ふ…ぁぁ…ん。乳首、揉まれて…る。ぅ、ふぅ…ぁあん」

ぐっと揉み込んだ部分の繊毛が乳首に強めに絡んで、少し痛いのにそれがたまらなく気持ちいい。

未央の頬は隠しようもなく赤く染まり、吐き散らされる息には熱と甘さが含まれていた。

それと同期するように中が熱くなって収縮し始め、ジェルボールがふくらんでいく。

「ダメ。だめぇ…乳首。ぃ…ぁぁ。もぉ……中も、苦し…ぅぅ…中の…出してぇ…」

「中がつらい？」

「つらい、つらい！　乳首も…もぉ…ヤダ、よぉ…」

「こんな気持ちよさそうなのに嘘ばっかり。ほら、そろそろジェルボールが溶けてきたよ。畳まで愛液が垂れてる。いやらしい姿だね…未央さん」

それは虎太郎が言っていたように中で溶け出して、まるで愛液でびしょびしょに秘部を濡らす女性みたいだった。

「すごくいい映像が撮れてる。それにしても、ジェルボールは視覚的にもかなり卑猥《ひわい》だし、入れられている方も愛液があふれる未知の感覚を味わわされて、より屈辱的だろうね」

さらには自分が感じて熱くなってしまい、中を締めつけていることを隠しようもない。

「気持ちいいんだ？　ねぇ未央さん、どう？」

未央は唇を噛《か》んで顔を背けた。

「素直じゃないね。こんなに孔から愛液を垂らしてびしょびしょにしてるくせに。ほら」

「ひっ…ぁぁ…ぅ。あん…ダメ、だめ…だめぇ」

虎太郎がゆるんだ孔に指を入れて掻《か》きまわすと、未央は繋がれた手足の鎖をガシャガシャ鳴らして、快感でひぃひぃ泣き出す。

「すごい。そんなに気持ちいいんだ？　だったらもう、素直になって楽しんだ方が楽だって。それにしても、未央さんがこんなにエロい身体をしてるなんて知らなかった」

「っ…くそっ…虎太郎っ…ちくしょ！　ぁ、はぁ…ぅ、っ…ぁぁっ」

「なに？　なにが言いたいの？　喘ぎすぎて聞こえないけど？」

いくら憎まれ口を叩《たた》いても、全裸で開脚拘束され、好き放題に乳首や孔をいじられていては効果はない。

「最低だ。おまえ…っ」

「最低だって？　まぁでも、一時間もしたら未央さんは僕のこと、最高だって言って悦《よろこ》んでるはずだから覚えててよ」

今までの間も、ニップルリングの繊毛はランダムに動きを変えながら、不規則に乳頭を刺激し続けている。

「さてと。今度は内側の繊毛を、もう少し硬いシリコン素材ブラシに替えるから」

虎太郎が事務的にリモコンのスイッチを触ると…。

「ほらわかる？　リング内側の繊毛の狭間《はざま》から、少し硬さのあるシリコンブラシが伸びてきたでしょう？　こっちの方が刺激は強いんだけど、どうかな？」

「ぁ！　ひぃ…んぁ…ぁ！　…ふ、ぅ…ぁぁん…あ…はぁ、ん…」

淫《みだ》らに喘いでしまうのを最低限に抑えようとこらえていた未央だったが、声は明らかに甘く変化していき、虎太郎は勝者のごとくほくそ笑む。

足を大きく開いた状態で、革ベルトと鎖に自由を奪われた肢体が我慢できず淫靡《いんび》にくねる様は、恐ろしいほど扇情的だった。

「シリコンブラシの効果は絶大だな。ふふ、未央さん…気持ちいいみたいだね？　どう？　もう降参して白状しなよ。おもちゃに嬲《なぶ》られて乳首がすごく気持ちいいって」

ナメた口を聞く年下の男に強く反論したいのに、快感にまみれてままならない。

「もぉ…だめぇ、硬い方は…も、やめろってば！　んぁ…ダメっ…だめぇ。あふぅぅっ」

喘ぎ狂って、肢体が淫らに跳ね踊る。

「許して欲しい？」

「ゆ、許し……、お願い。もう許して……ぁぁ、ふぅ…」

乳首をチクチク責めつくすブラシの感覚は痛いはずなのに、ただ死ぬほど気持ちよくてたまらない。

ブラッシングのように荒々しく振動するシリコンブラシに乳頭の媚肉を徹底的に嬲り抜かれ、さらにリングの内側部分がゆるゆると回転し始めた。

「あ…なに？　嘘っ！　ぁふっ…ん…ダメっ。そんな…あぁ。その動き…は、ダメっ…ぇ」

乳首を熱烈におもちゃで嬲られ、もう乳孔から射精してもおかしくないほどの快感にまみれる。

あられもなく喘ぐ未央をあえて放置し、虎太郎はまた新たなおもちゃを手にした。

「今度はコレ、ニップルキャップ。乳首にかぶせて使うんだけど、今のリングとセット販売するつもりなんだ。だってそのリングは乳頭の周囲を刺激するだけだからね。でもやっぱり乳頭の先端面が一番敏感らしいからそこを責めないと」

それはニップルリングと同じ乳白色で、大きさは小指の第一関節から先ほどだろうか。乳首サイズにしたら大きいが、内側にはさまざまな仕掛けが施されているようだ。

「ぁ、ぁぁ…やっ…今度…は、なに？　俺…なに…される…の？」

完全に動揺している未央を後目に、虎太郎は指で摘んだニップルキャップを、乳首にハメたリングの上にかぶせて軽くねじる。

カチッと音がして、ニップルリングとキャップは結合したらしい。

「これでよしっと。じゃ、これからキャップを堪能してもらうよ、未央さん」

虎太郎がリモコンを操作すると、いきなりニップルリングとキャップが発光する。

素材が透明になって中の乳首が細部まで見える仕組みになっていた。

「うわ～、これはいやらしい。丸見えだな」

「やぁ、もういやぁ…許し……て。お願い…」

未央の乳首は側面をリングの繊毛でさんざんに嬲られ続けていて、すでに乳首の勃起《ぼっき》状態。だが…。

これから未知なる快感の絶頂に導こうとしているのは、ニップルキャップ内側の中央からいきなり伸びてきた、一本の細いシリコン触手だった。

それは鍼灸師《しんきゅうし》が使用する鍼《はり》ほどの細さで、しなりながら乳頭面を舐め探っていき、さながら生き物のように乳孔のくぼみをとらえた。

女性なら乳を出すための乳管なのだが、男性にも一応、乳孔はある。

「あ、やだ！　そこは、絶対にダメっ！　…ぁあぅ…ぅふ。ぅ…入る。入って…くる。ぁあん…」

シリコンの触手は優しく乳孔に潜り込んでいくと、乳首を内側から刺激し始めた。

「ひ！　嘘っ……こんなの…やめっ。虎太郎、それ…ダメ…入ってこな…ぃで。抜ぃ…ぁ、あっ」

どれだけ拒絶しても喘いでも許されず、実験は延々と続けられた。

甘い乳首責めが五分ほど継続していたが…。

「いい画《え》が撮れたからもういいよ。そろそろ抜いてあげようかな」

さんざんに乳孔内を掻きまわし、検体一号を激しく啼《な》かせたあと、ようやく虎太郎はリモコンを操作する。

するど、望みどおりシリコン触手はゆっくりと抜けていくのだが…、

「ひぃぃぃ！　ぁぐぅ！　ひ……ぁぁん…ぅっ」

その時、不意打ちの未知なる快感に襲われて、未央は痙攣《けいれん》したように身体を痺《しび》れさせて悲鳴を放った。

「あぁ、言い忘れてたけど、このシリコン触手には『返し』がついているんだ。だから、抜く時には中を少し引っ掻く感じ？　でも、やわらかいシリコンだから刺激はあるけど傷つけたりはしないよ」

「ひ！　ひ…ひ…ぁぁ…ぁ。や…ぁぁん、乳首…が、俺の…乳首が…おかしくな…ちゃ、ぁあふ、ぅぅ…ん…ぁぁ、また…くる…あん、あぁぁん…ぃぃ」

未央はすでに意識を飛ばすほどの愉悦に犯され、正気をなくしかけていた。

返しというのは、魚を突く銛《もり》の先端などに、いったん刺さった銛が抜けないよう、反対向きに角を作った部分のことをいう。

要するに毛糸を編む時に使うカギ針のようなもの。

シリコン触手にも返しがついていて、抜ける時に乳孔に甘い刺激を与える。

「……すごいね未央さん。本当に気持ちがよさそう…見ている僕も、たまらない」

シリコン触手は何度も乳孔に潜り込み、乳首自体を中から左右に揺さぶっては返しを使って刺激を与えながら抜き、また刺し込むのを繰り返す。

「い…あぁ…抜かないでぇ…抜いたら、ダメ……ぇ。乳首、壊れちゃ…よぉ…お願い、許して…もぉ…許してっ…しないで…乳首…乳首はもぉ…許してぇ」

ガシャガシャと鎖を鳴らして、繋がれて不自由な身体が快感に蠢《うごめ》いている。

気が強い未央が、自分が作った大人のおもちゃに嬲られ、うちひしがれる姿は、歪《ゆが》んだ嗜《し》好《こう》を虎太郎に芽生えさせていた。

卑猥な光景に息を呑《の》んで凝視しながらも、彼は同時にPCのデータにも目をやる。

未央の受ける刺激は数置となってリングや革ベルトから無線で飛び、波形を描いていく。

「悪いけど、まだ許してあげられない。最後までデータを取らないとね。これは実験なんだ。それに未央さんは検体だから、いやいや言ってないでシャンとしてくれないと」

虎太郎は未央の無防備な尻を、パンと軽く叩いて活を入れる。

「あうぅっ…」

その時、後孔に埋められたジェルボールが一気に締めつけられ、愛液となってビュッと噴き出した。

「ひぅっ…やぁ、今の…な…に？　あぁ、恥ずかしい……もお、死ぬほど恥ずかしい…」

「うわっ、すごかったな。未央さん……本当にやらしい。今のは、潮吹きみたいだった。それくらい、乳首が気持ちいいんでしょう？」

「うぅ…ぅ、苦しいよぉ…」

「嘘。本当のことを言わないとおもちゃを止めてあげないよ？　許して欲しいんでしょ？」

「ぁあ…ぅ、くぅ…ふ…乳首の、中に、入るやつは、ダメ…ダメ…抜くのも、いやぁ…」

「それじゃ許せない。嘘はダメ！　だって波形を見たら、絶対気持ちいいはずだから」

未央はついに、強情を張るのをやめて本心を打ち明ける。

「うう…乳首、ホントはすごく…気持ちぃ…い。死んじゃうくらい…こんなの、初めて…」

ベソをかく目が赤くて少しかわいそうになったが、それでも虎太郎は開発者として最後までデータを取らなければならなかった。

「ごめん未央さん。あと五分我慢して。五分したら外してあげるから。でも、もし未央さんが五分間で乳首でイけたら僕のニップルリングの勝ちってことだから、負けを認めてね」

虎太郎が説明するには、乳首で絶頂を得られる女性は希《まれ》らしい。

ましてや男が乳首責めだけで最初からイけたなら、相当な破廉恥体質だということらしい。

「そんなの、絶対ヤダよぉ…いやぁっ」

恥ずかしすぎる。

乳首を嬲られただけでイくなんてこと、男なのに絶対にあり得ない。

そんな姿を、このヘタレな幼なじみに見られるなんて、死んでもいやだ。

「乳首でなん…て、ぁっ…ぅ。イく…わけな…いだろ！　くそっ…負けないしっ…ぁん」

「じゃあ僕のおもちゃに勝ってみせてよ。まぁ無理だろうけど。さぁ、勝負開始だ」

虎太郎が問答無用でリモコンの強度をあげると、未央はもんどり打つように畳の上を右に左にと転がりながら快感を散らそうとする。

「ひぃぃ…ぁぅん。ふぁぁ……やぁ……ぁん」

乳首の周囲は常に繊毛で嬲られ、さらに乳孔にはシリコン触手が潜り込んで、乳輪が持ちあがるほど上下左右に振りまわす。

徹底的に触手で乳首ばかりをいじめ抜かれ、愛液が尻を伝って畳を濡らしていた。

「ほんと…やらしすぎるよ未央さん。もう…相当すごい映像が撮れそう」

カメラつき眼鏡をかけた虎太郎が顔を近づけると、グチャグチャに濡れた未央の後孔がズームされた。

「ぁ、ぁ…ダメ、イく。もぉ、イっちゃう…よぉ！　っ…負けたくないっ…ちくしょ…ぉ」

絶対負けたくないのに、もう全身を巡る快感と射精感を阻止する手立てがなかった。

「ダメ、だめ。もう、無理だよ…俺、イっちゃ…あぁ、ひぃぃ…」

懸命の抵抗も虚《むな》しく、やがて未央は試作品のおもちゃによって壮絶な絶頂を迎える。

これ以上ないほど腰を畳から浮かせ、ビクビク雄茎を突きあげながら幾度にも分けて白濁を噴きあげてしまう。

「んぅ！　あ…ぁぁぁああ！」

腰や腹部には自らの噴きあげた精子がパタパタと散り落ちてきて…。

後孔に収められていたジェルボールも完全に中で溶け、潮吹きみたいに噴き出した。

「だめ、いやぁぁっ…」

「うわ、同時の潮吹きみたい。すごいな…。これ、三台のカメラでちゃんと撮れてる？　うん、いい感じだ…それにしても本当にやらしすぎる光景だし。僕も正直もう、我慢できないほど卑猥だ…」

壮絶な快感を与えられながら射精してしまった未央は、汗とよだれと精液にまみれていた。

「ふふ。ねぇ未央さん、僕のおもちゃの勝ちだよ。ちゃんと負けを認め敗北宣言をしてもらおうかな。さぁ、言ってみて」

いやがる未央に頬を寄せると、虎太郎が耳打ちして言葉を強要する。

「どうしても言えないなら、もっかいするけどいいの？　乳首にハメてるの、また動かそうかな？」

「そんな！　それは絶対だめ、やめて…ぁぁ…ぁぁぁ。もっかいなんて無理。しないで…お願いだから、もぉ許して…」

「なら言って。言ってよ未央さん！」

眼鏡に内蔵したカメラが、淫靡に蕩けきった顔を正面から撮っていた。

「俺は…虎太郎の…おもちゃに、負けました…許してください」

「うんいいね。で、続きはこう…」

もう一度耳打ちする。

「…ぅぅ。…俺は、乳首をいじられただけでイける…破廉恥な…検体一号です。どうかこの身体を…もっと、可愛がってください」

虎太郎は愛おしさのあまり、何度も何度も未央の頬にキスを送る。

子供の頃から未央はヒーロー的存在で、引っ込み思案だった虎太郎をいつも護《まも》ってくれていた。

だから今、完全に立場が逆転したような気がして、虎太郎は内心、勝利宣言をしたい気分になっている。

素晴らしいデータが取れて、さらに未央の身体まで自分好みに調教できれば一石二鳥。

生涯、自分なしでは生きられない身体に変えられたら、もう死んでもいいほど嬉《うれ》しい。

「未央さん、ごめんね。全部外して楽にしてあげるから。今夜は最高のデータが取れたよ。本当にありがとう」

ニップルリング、首輪に革ベルト。

そして鎖。

ようやく不自由を強いていたすべてから解放された未央は、床にしどけなく転がった。

「虎太郎、虎太郎……」

「え？　なに？」

今さら恥ずかしくなった未央は、両手で身体を隠しながらか細い声で命令した。

「おまえ、こいよ！　早くっ」

おもちゃですっかりとろとろにされてイかされたが、やはり、それだけでは満足できなかった。

本物が欲しくて、中が疼《うず》いてたまらない。

「え？　あの…それって、どういう…意味？　まさか…」

頬も肌も朱色に染め、陰部をピンクの愛液で濡らした未央は、視覚的にも壮絶にエロ可愛くて…。

虎太郎は思わず、ゴクリと喉を鳴らしてしまった。

そう言わしめたのは虎太郎自身だったが、いざ未央からのお誘いがくると、戸惑いを強くする。

「なぁ…もう俺、たまんないんだ。中が…疼いて。虎太郎が変なもの入れるからだろ！　だから、挿《い》れてくれよ…挿れろよぉ！　俺の中に…おまえの…それっ」

ずっと好きだった相手からの信じられないお誘いに、虎太郎はしばし啞然《あぜん》としたが、仕事モードから一気にプライベートモードへと気持ちが変わった。

「いいの？　本当に…僕で」

「抱けよぉ。早く、抱いてよぉ…」

虎太郎はいったん撮影を止めようとしたが、やっぱり思い直してそのまま放置する。自分が最愛の人と初めてセックスする一部始終を、記録に残したかったからだ。

「わかった。待って未央さん、すぐに挿れてあげる。でもまずは俺も脱がないと…少しだけ待って」

「やだ。待てないし！　もういいよ服なんて脱がなくて、だから早くしろって」

「え？　そう？　ん、わかった。じゃ…そうする」

ひどく急《せ》かされた虎太郎は、あわててベルトを外して前を広げ、ボクサーパンツからアレだけを摑《つか》み出した。

すでに怖いくらい勃起しているモノを見て、今度は未央が勝ち誇ったように笑う。

「わ…笑わないでよ。だって、エロい未央さんのこと見てたらしょうがないだろ？　あ〜もう…なんか結局、僕は一生未央さんに勝てないんだよ。やっぱり負けた気になってくる」

憮然《ぶぜん》と文句を言ってはみたが、それより初めて未央を抱ける喜びで虎太郎の胸は熱くなっていく。

「なぁ…虎太郎のソレ…すごく大きいな。そんなの、挿《はい》るかな…俺」

「ごめんね。ちゃんと馴《な》らすよ。それに、気をつけてゆっくり挿れるから」

やっぱり優しい虎太郎だったが、よく考えればそんなのは今さらの気遣いで、未央はきっぱり首を横に振った。

「大丈夫だよ。だってさっき変なピンクの玉みたいなのを入れられた時、中…すごく広げられたし」

ジェルボールを挿入されたことで、後孔はすっかり濡れてゆるんで、感じやすくなっている。

それが自分の仕業だったことを思い出した虎太郎は、あはは…と苦笑を漏らした。

「そうだったね。じゃ…もう挿れるよ」

虎太郎は体重をかけないよう配慮して未央に覆いかぶさり、両膝を手ですくいあげる。

まだ熟れて潤んだ孔のとば口に、ガチガチの竿《さお》の先端を押しあてた。

ヌルッとした感触の熱いくぼみに触れて、虎太郎がゴクッと喉を鳴らしてしまう。

「なんだよ虎太郎、今さら緊張するなって。馬鹿だな…」

未央に指摘され、互いに苦笑を交わしてから今度こそ膝を出して腰を入れる。

とたんに未央の中に、太い竿が潜り込んだ。

「ぁふっ……ぁぁ、虎太郎、虎太郎。おまえっ…やっぱり、それ。おっきぃ…きつい」

「ごめん。僕の、たぶんデカい方だから、奥まで挿れたら痛くするかも…」

「たぶんじゃなくて…マジで大きいし…っ！　ぁぁ…っ。ぅ、ぅん…」

「やっぱり痛いよね？　本当にごめん、未央さん。僕、入り口あたりでこすってたら、そのうちイけるから。絶対痛くしないし安心して」

今さら遠慮と気遣いを見せられると、やっぱり虎太郎は虎太郎のまま変わってないと、未央は安心して嬉しくなる。

「優しいなぁおまえはさ。うんいいよ。ほら、もっと奥まで挿ってこい。俺もその方が断然気持ちいいし」

「いいの？　本当に奥まで？　…わかった。じゃあ、ごめん…もっと挿るから」

じわじわ奥の奥まで開いて暴かれていく感触に、未央はめまいがしそうな愉悦を得る。

「はぁ…ん！　深い…よ。奥、広がって…すごい。ぁ、ぁ…虎太郎が、奥まで…挿って…くる…」

悦に入った未央の満足げな顔を見下ろして、基本はヘタレ気質な虎太郎も俄然自信を得た。

「まだだよ。まだ全部挿ってないし。ほら、もっと奥まで届く。ここまで…ほら、どう？」

「あ！　ぁ！　ぁぁ。ぅ、ふ……こんな深いの、初めて…だ。すごい…知らない。まだ…届いたことない。おまえのが、初めて…」

こういう男好きするセリフを無意識に発してしまう未央は、実は恐ろしいタラシなのかもしれない。

「未央さん、嬉しいこと言ってくれる。でもごめん。…そろそろ限界だから、動くよ」

さらなる奥を開きつつ、虎太郎はやわらかい肉襞《にくひだ》がペニスに甘く絡みつく快感に浸りながら腰を強く揺する。

「あ…ぁぁ！　ん。いい…気持ちぃぃ…」

蠕動《ぜんどう》する後孔が、生き物みたいに動いて虎太郎の竿を締めつけ、ゆるんではまた絞る。

奥まで広がったことで、先ほどのジェルボールが溶けた愛液が奥からまた流れ出した。

「なんか、浅ましい…未央さんのここ、愛液でこんなびしょびしょに濡れて…いやらしい」

言葉を証明するように、漏れ出た愛液が尻の狭間を伝い落ちていく感触に、羞恥が増していく。

ぐしゅ、ぐちゅっ…じゅ……。

卑猥な粘着音が、二人を繋ぐ部分で鳴り続けている。

「あ。ぁ…たまらない…虎太郎。虎太郎っ…ぃい。もっと突いて。奥まで、突いて…ぇ」

感じすぎて涙がこぼれるなんてことは初めてで、未央自身も己の反応に驚いてしまい…。

泣いている未央を見た虎太郎は、そのとたん、激しい腰の抽挿を止めた。

「え？　ぇ…虎太郎？　っ…なに？　やだ、止まんな。動いてよ。お願いっ…動けって…」

「未央さん……僕は、本当に感無量だ。あなたをこの手で抱けるなんて。正直もう、実験データなんてどうでもいい気分だよ。あぁ、未央さんの中がこんなに気持ちいいなんて、僕は知らなかった。快感だけじゃなくて好きな人を抱ける感動を、この身体で体感できたことは本当に至福の極みだよ」

データでは決して計れない、数値化できないほどの快感。

それは想《おも》いの深さに起因するのだと、虎太郎は痛いほど感じているようだった。

「未央さん、わかる？　今…僕がどれだけ幸せなのか。やっぱり未央さんがいい、未央さんだけだよ…本当に好きなんだ」

「あ、ぁ…俺も、すごく気持ちいいよ。俺だって…虎太郎が、いい…」

そっと両方の掌《てのひら》を重ねて抽挿を再開すると、その甘さに未央は喘ぎながらのけ反った。

「あぁ…虎太郎、すごく感じる。本当に、セックスで…こんな、に…感じたのは…初めてだ。あぁ…ぁ、そこ、ぃい…ぁぁ」

虎太郎が感じている幸福は、未央もまた同じだった。

自分は虎太郎を特別だと認識しているからこそ、セックスがこれほど感じるのかもしれない。

「気持ちいいの？　よかった。なら…僕も嬉しい。未央さんの中もね、温かくてやわらかくて…締めつけ具合も最高だよ」

そんな細部まで褒められると気恥ずかしくて、でも嬉しくて…未央は両手で虎太郎の首にしがみついて疼く腰を押しつけた。

「なぁ虎太郎。お願い…乳首、おまえの口で吸って。ねぇ」

真っ赤に熟した小さな果実を突き出してねだる姿が可愛くて、虎太郎は苦笑する。

「そうしたいけど、ごめん。今は無理だよ。だって動きにくくなるし。あとでいっぱい吸ってあげる。二回目の時にね…」

「うん…何回もセックスしよ？　だって…気持ちいいから…ぅ、は…ぁ。ん」

「そうだね。いっぱいしよう。未央さん…っ…」

微笑《ほほえ》みを浮かべながら、未央は眼前の広い肩に抱きつく。

「虎太郎…」

揺さぶられながら、未央は三ヶ月前の夜を思い出す。

このヘタレでハンサムな幼なじみと八年ぶりに再会した、寒い夜のことを。

～　～　～　～

未央と虎太郎が八年ぶりに再会したのは昨年の冬。

めずらしく都内でも雪がちらちら舞っていて、未央は白く曇った窓から戸外を眺める。

「…ずっと降ってるなぁ。たまには雪の正月も風情があっていいけど」

都内、世田谷区《せたがや》の閑静な住宅街の一角に、とても趣のある日本家屋が建っている。

敷地の周囲には柵《さく》の代わりに昔ながらの赤目の木が整然と植えられていて、外からの目隠しになっていた。

7LDKの広い家には、家主の長男である樫井《かしい》未央が一人で生活している。彼の両親は現在、仕事の関係で米国カリフォルニア州に暮らしていて、航空会社のCAをしている一つ下の妹とそこで一緒に住んでいた。

そんなわけで、未央は贅沢《ぜいたく》にもこの風雅な純和風家屋で一人暮らしを満喫している。

季節ごとに違う花が咲く庭に面した広い縁側は未央のお気に入りの場所で、夏には缶ビールを手にうたた寝してしまうこともあった。

だが今は冬なので、その縁側を存分に楽しめないのが残念だった。


そんな寒い大晦日《おおみそか》の前日、十二月三十日は雪のちらつく夜だった。

夕飯を終えた未央は居間のコタツで、スポーツニュースを観《み》ながらくつろいでいた。

その時、来客を伝える玄関チャイムが鳴る。

「え？　こんな時間に…誰かな？」

未央が思わず柱時計を見たのも、すでに夜の九時をまわっていたからだ。

都会にしては非常に不用心なことだが、この古い家屋には来客の姿を映す室内モニターがない。

「あ～ぁ、寒いのにコタツから出るのヤダなぁ」

文句を口にしながらも仕方なく立ちあがった未央は、寒い廊下を肩をすくめて歩きながら玄関に向かう。

子供が悪戯《いたずら》でピンポンダッシュでもしたのかと疑っていたが、すりガラスの引き戸越しにスーツを着た人影が映って見えた。

「なんだよ。こんな時間にセールス？」

不審に思いつつも鍵を開け、引き戸をちょっとだけ開けて来客の顔を見る。

「えっと…どなたですか？　なんかのセールスなら間に合ってますけど…って」

怪訝《けげん》な顔をした未央は、背の高い若い男を見あげて断りを入れていたが…。

「あ？　おまえ…」

その最中にふと気づいた。

もう長い間、会っていなかったが、彼の面影には見覚えがある。

というか、今までずっと忘れられなかった人物。

彼はおそらく…。

「未央さん、こんばんは。こんな時間にすみません。僕…覚えてます？　高校まで、ここの隣に住んでた」

「……虎太郎…か？」

「はい！　よかった。覚えていてくれて。お久しぶりです。佐々木《ささき》虎太郎です」

妙にセンスのないそのフルネームを、久しぶりに聞いた。

「……………」

人なつこい笑顔は昔と変わらなくて、未央は不覚にもしばらく彼に見惚れてしまう。

実際、目の前の虎太郎は間違いなく女性が好みそうな容貌をしていた。

ふわっとした明るい茶髪はやわらかで華やかな印象を与えるのに、短く整えられた襟足が清潔感を醸し出している。

ほどよい大きさの瞳も茶色で、彼のあでやかで人目を引く印象を増幅させていた。

それだけなら女性的な印象を受けるはずだが、高い鼻とシャープな顎のライン、意外と筋肉質な体型が男らしくて、精悍《せいかん》さも併せ持っている。

綺麗な顔立ちに逞《たくま》しい肉体を持つ彼は、世の女性からすれば完璧な理想型だろう。

「あの…未央さん、聞いてる？　入っていい？」

女性ばかりではない。

なぜか未央も昔から、彼の犬ころみたいなクリクリした目で見つめられたら、なんでも許してしまいかねない自分を知っている。

本当に始末が悪く、目立つ存在だった。

「ちょっと未央さんってば！　僕の話聞こえてる？　…寒いんだけど」

ふと我に返ると、彼の頭や肩は雪のせいで白くなって、いかにも寒そう。

「あ！　ごめん…えっと」

こういう子犬顔の男子が女性にモテるのを、自らの感覚でわかってしまうのが、妙に悔しい気がした。

「じゃ、入るよ」

寒いと言った彼はガラスの引き戸を開けて入ってくると、勝手知ったるとばかりに背中を向けて施錠する。

あまりに自然でさり気ない動作だったため、未央は夜の訪問者を簡単に玄関に招き入れてしまった。

「あ〜、懐かしいな。子供の頃、しょっちゅうここに遊びに来たよ。未央さんの家は広いから、中でかくれんぼができて好きだった」

そう言いながら、頭や肩についた雪を丁寧に払い落とす。

ふと見ると、彼は登山にでも行くような厳《いか》ついリュックを背負っていて、肩からはこれまた巨大なトートバッグを提げていた。

「なにそれ？　引っ越しできるほどの大荷物だな」

あがり口にリュックとバッグを置くと、虎太郎は靴を脱いでから綺麗に並べ整え、

「お邪魔します」

と律儀にあいさつをした。

そう言えば、彼は子供の頃からとても礼儀正しくて、祖父母のお気に入りだったことを覚えている。

「こっち、だったよね？」

荷物はそのままにして、虎太郎はどんどん廊下を奥に歩いていく。

「え？　ちょっ…なぁ。虎太郎っ！」

広い背中を追いかけている時に気づいた。

背が高いのは知っていたけれど、これほど自分との身長差があったっけ？

そんなことも忘れるくらい、彼に会うのが久しぶりだと思い出して少し悲しくなる。

「なぁ、待てって。どこ行くんだよ。居間はこっちだろ」

居間ではなく仏壇のある暗い部屋に入った虎太郎は、まず仏壇に手を合わせ、それから襟を正すと、きっちりと正座した。

「は？　なんで正座？　ええっ？」

驚きの連続だったが、とりあえず…未央は電気をつける。

すると虎太郎は唐突に頭を下げた。

「お願いします」

いわゆる土下座状態で、呆然《ぼうぜん》としてしまう。

「な、に？　急になんだよ…いったい」

わけがわからなくて、でも仕方なく未央も虎太郎の正面に正座した。

「すみません。どうかしばらく、僕をここに置いてください！　お願いします」

「は？　え？　……置くって。どういう、ことだよ」

なにやらワケアリみたいで、とにかく腰を据えて話を聞くことにする。

「まず、顔をあげろって」

虎太郎に何度か深呼吸をさせたあと、説明を求めた。

「実は僕、横浜《よこはま》の大手時計メーカーの技術部門に勤務してたんだけど、三日前に解雇されたんだ」

「解雇って…クビって、ことだよな？」

「そう…」

よくよく話を聞いてみると、どうやら彼は新商品開発チームの一員だったらしい。

実験の過程で気になった欠陥があったので上司に報告したところ、大丈夫だと一蹴されて…。

だが発売したあとの市場でその欠陥が問題になり、結果、約十万個の商品が回収となったそうだ。

ここまでの話だと、問題の責任は上司にあると思われるが、それが違った。

なんと虎太郎は、二億円の損失を出した責任のすべてを上司に押しつけられて、会社を解雇されてしまったそうだ。

「はぁ？　なんだよそれ」

未央は怒り心頭に発して、自分の膝を叩く。

子供の頃から虎太郎は気のいい奴で、根っからのお人好《ひとよ》しというのか…人づきあいで毎回損をしている面が多々あった。

だからよく未央が注意したり、庇《かば》ってやったりしていたのだが…。

「おまえさぁ、なんでクビになる前、上司よりもっと上の人間に真実を話さなかったんだよ？」

信じてもらえるかは不明だが、少し調べれば真相は明るみに出るように思えた。

「それはごもっとも。でも…部長には大学生の息子《むすこ》さんが二人もいて、解雇されたら家族が路頭に迷うって泣きつかれたんだ。それを聞いたら、なんか気の毒になって」

未央は大仰にため息をつく。

「はぁ……またかよ」

こんなに図体がデカくなって洒落《しゃれ》たスーツを着こなしていても、中身は相変わらずのお人好し。

変わらない彼の本質が情けなく思えたのか安堵《あんど》したのかわからないが、未央は逆に笑いがこみあげてきた。

「おまえらしいよ…ホント、馬鹿みたい」

「僕もそう思う…はは」

その結果、急に収入が途絶えてしまうことになった虎太郎は、横浜のマンションの家賃が払えなくなるから、今日部屋を退去してきたらしい。

賃貸物件の場合、通常なら急な退去の申し出をしても数ヶ月分の賃料を払わされる決まりだが、虎太郎の部屋は駅前物件だったため、入居の順番待ちがいて助かったらしい。

そんなこんなで、彼が置かれた状況はわかったが…。

でも。

「だからってさ…なんで、ここ?」

そこがわからない。

八年も会っていなかった幼なじみのところに、急に訪ねてくるなんて?

「あ〜、それに関してはごめん。なんだか最初に頭に浮かんだのがここだったんだ。だってそうだろ? 子供の頃から、未央さんは僕が困っている時にいつも助けてくれるヒーローだったから」

確かに、いじめられている虎太郎を毎度毎度庇っていたのは自分だったが。

「いったい、いつの話だよ…？」

「ごめん。でも未央さんは今、ここで一人暮らしなんでしょう？」

「え？　どうして知ってんの？」

「母さんが前、なにかの時に話してたんだ。おばさんたちと千鶴《ちづる》ちゃんは、今アメリカにいるって聞いた」

あの頃、隣同士で仲がよかったのは子供たちだけでなく母親同士も同じで、今でもたまに連絡を取り合っているようだ。

「そんなわけだから、しばらくここにいさせて欲しいんだ。僕は用心棒になるしいろいろ役立つよ」

ずいぶん大きく出たようだ。

「あのねぇ、用心棒はあり得ないって。おまえ、俺より弱いし」

「あ～はは。それって子供の頃の話だからもう忘れて欲しいな。それになにより、正月なのに帰る家もないなんて、かわいそうだって未央さんなら思うだろう？」

虎太郎が神奈川《かながわ》の国立大学に入ったことは、未央も聞いていた。

そのまま地元で就職したわけだから、おそらく地元にはいくらでも友達はいるだろう。

それになにより…。

「おまえさぁ、そういう状況なら、横浜の実家に帰ればいいだろう?」

これって正論だと思うけど…。

「いやだよ。家に帰ってきた理由を訊《き》かれて『会社をクビになった』なんて言ったら、母さん心臓発作を起こしそうだし」

優しくて上品でとても神経質そうだった虎太郎の母を思い出して、その点は納得する未央だった。

「はぁ～。でも、なんでここなんだよ。他にいくらでも友達いるだろう?」

困るんだよ。なんかさぁ…。

おまえはいいよ。

あと腐れなんて、まるでないって顔してるけど、俺は違うんだ。

なんか、まだ引っかかってるんだよ…。

「未央さんの家がいいんだ。しばらくでいいから!」

「ふぅ…もうワケわかんない」

「お願いします!」

両手を合わせ大きな瞳で必死に懇願してくる虎太郎が、とてつもなくかわいそうになってくる。

昔、家で飼っていたゴールデンレトリバーが甘えてくる姿を思い出してしまった。

大型犬が甘えてくると、どうにも可愛くて困る。

なぜか昔から、犬顔の虎太郎のお願い攻撃には弱かった。

「……………もういい。わかったよ」

八年ぶりに再会した幼なじみを、無下に追い返すような薄情なことは、性格的にできそうもない。

「ふ〜っ。でも、仕事が見つかって給料が入るようになったら住むとこ探せよ。それまでの間だけだからな」

最初は渋っていた未央だったが、正月を前にして、この寒空の下に幼なじみを放り出すのはあまりに不憫《ふびん》で、結局了承するしかなかった。

「ありがとう〜、未央さん！」

ブンブン振りまわしている尻尾《しっぽ》が見えそうな勢いの虎太郎が、なんだか可愛いと思える自分はおかしいのかもしれない。

「うわっっ！」

いきなり、まるでタックルするみたいに抱きつかれて、未央は畳に仰向けに押し倒されてしまう。

「ちょっ…おまえ、苦しいって。虎太郎っ」

咎《とが》めても、大きな犬は感謝を体現するべく、ぎゅうぎゅう抱きしめてくる。

「ぐぇ…っ。苦し…いっ…」

「本当にね、だから未央さんが好きなんだ！」

声も出せなくて肩を摑んで引きはがそうと躍起になっていると、今度はいきなり脇に両手をついて真上から顔をのぞき込まれる。

「え？　な…なに？」

ちょ、待てって。

この体勢、ヤバくないか？

至近距離で見る虎太郎の顔は、かなりマズイ。

近所の幼なじみがイケメンだったことは高校時代に認識していたが、今現在、そこにクールな大人っぽさまで加わっている始末。

これって、絶対ダメなやつだ〜！

「未央さん…」

でも虎太郎って、こんなにかっこよかったっけ？

「未央さん…聞いてる？」

もし俺が女子でこれがドラマなら、今の状況は超オイシイ場面かも。

イケメンに押し倒されて、今にもキスされそうな図ってやつだ。

「ちょっと、未央さんって！」

「……え？　あ…ぅん？　ごめん。なんだっけ？」

ちょっと待てよ。

なんだか虎太郎の奴、妙にデレた顔してないか？

「あ～、未央さんってやっぱり今も可愛いな。特にこの目が好きなんだ。今気づいたけど、二重まぶたとふっくらした涙袋の組み合わせって、めちゃくちゃエロいんだね」

「はぁ？　なに気持ち悪いこと言ってんだよ。絞めるぞこらぁっ！　もう、いい加減に離せっての」

可愛いと言われるとなんだか腹が立って分厚い胸板を両手で押し返してみるが、ビクともしない。

「あと、このちょっと厚めの唇も好きなんだ。やわらかくて弾力ありそうで、見てるとキスしてって誘われてるみたいでヤバイ気分になる」

はぁコイツ、なに言ってやがるんだ！

「お、おまえ…前々からちょっとは感じてたけど、本格的にヤバイ奴だったのかよ！」

「あ～、う～んどうかな？　それと、未央さんは身体もちっさくて、ちょうどいいサイズなんだよ」

「はぁ？　いったいなにが『ちょうどいい』んだよ？」

「決まってる。僕が抱きしめるのにちょうどいい身長体重ってこと。押し倒すのにもちょうどいい」

「おまえっ。マジでいい加減にしろ。調子に乗んなって」

なぜか一気に頬に血がのぼって暴れてみても、頑丈な身体に押さえ込まれて、身動きもできない。

コイツ、いつの間にこんな力が強くなったんだろう。

それに、昔の遠慮がちで謙虚な可愛い虎太郎はどこにいった?

完全にキャラ変わってるじゃないか。

誰だよコイツ!

「ねぇ未央さん、本当にありがとう。それから僕は……いつも助けてくれる未央さんのこと…ずっと好きだよ…」

最後の『好きだよ』が、やけに耳に残って…深い意味はないかもしれないのに、かなりキュンときた。

変だよ俺…絶対変!

「あ~もう!　ワケわかんない!」

未央は昔から恥ずかしくなったり照れたりすると、意味もなく口調が荒くなって乱暴を働いてしまうことがある。

悪い癖だとわかっているが、なかなか直らないので困っている。

「それよりおまえっ！　いつまで俺の上に乗っかってるんだよ。もう退《ど》けって。重いし苦しいんだって！」

虎太郎の頭を軽く一発叩くと、彼は今までの真剣なまなざしから一転、ヘラッと軽めに笑った。

そして、余裕綽《しゃく》々《しゃく》と押さえ込んでいた未央の身体を、ようやく解放してくれた。


目下、自分の部屋の布団で熟睡する男を、未央は複雑な顔で見下ろしている。

風呂《ふろ》に入れてやって晩ごはんも充分に食べさせて…歯ブラシもタオルもパジャマも貸してやった。

それから、この家で一番立派な床の間がある客間に布団を敷いてやったのに…コイツときたら文句を言いやがった。

「なんで？　客間なんて必要ないよ。昔からいつもこの家に泊めてもらう時は、未央さんの部屋で一緒に寝てたじゃないか」

言うが早いか、虎太郎は客用布団を丸めて軽々肩に担ぎあげると、一直線に勝手知ったる未央の部屋に運んでしまう。

さらに未央の布団の隣にピッタリくっつけて敷くと、ごろんと横になっておやすみとつぶやいた。

「ちょっと。虎太郎って…！」

そして呆気《あっけ》にとられる未央を後目に、疲れのたまっていたらしい彼は、わずか数秒で眠りに落ちてしまったというわけだ。

すでに安らかな寝息をたてているハンサムな顔を見下ろしながら、未央はどんよりため息をつく。

「はぁ…結局こうなるんだよなぁ。俺、どうしてこう昔から虎太郎に泣きつかれたら弱いんだろう？」

幼なじみの二人は、虎太郎が高校二年の時に横浜へ引っ越してしまってからは、会うこともないまま八年が過ぎていた。

その間、お互い形だけの年賀状は交換していたが、特に連絡も取っていなくて。

「高校の時のこと…まだ引きずってるの、きっと俺だけなんだろうな」

未央は厄介な心情を吐き落とすと、物思いにふけるようにまぶたを伏せた。

幼い頃、物心ついた時から一つ年下の虎太郎は仲のいいお隣さんで、いつも一緒に遊んでいた。

そもそも、やんちゃ小僧だった未央と、物静かなタイプの虎太郎は、相反する性格をしていた。

虎太郎の趣味はプラモデルで、細かい図面を見て大人顔負けのロボットを作ったりして、未央はいつも驚かされていた。

インドア派なのになぜか未央に懐いて、小学校にあがる頃には、どこに行くにもくっついてきたがった。

おとなしい子供だった我が子が、未央と一緒なら外でも遊べるようになったことで、未央は虎太郎の母から何度か礼を言われたことを覚えている。

今でこそ背丈やガタイは逆転されてしまったが、子供の頃の彼は小柄で可愛い顔をしていて、性格も引っ込み思案で気が弱かった。

そのせいか気がつくと友達にいい具合に利用されたり意地悪をされたりして、そのたびに未央が間に入って悪ガキどもを蹴散らしていた。

そんな未央の現在の外見はというと、小柄で細身で、女子たちにはファニーフェイスだと言われる始末だが、実は剣道七段という強者だ。

祖父が師範だったため、幼少時から徹底的に剣道と武士道精神を叩き込まれた。

剣道は精神を鍛えるのに相応《ふさわ》しいスポーツで、未央は外見には似合わず、とても男気のある性格に育った。

「はぁ…なんだかなぁ」

今、隣で熟睡している幼なじみの男らしい容貌に、あの頃のひ弱な面影は一切ない。

でも先ほど、朗らかな笑顔を向けてきた彼は今もやはり犬っころみたいで、変わらない内面に未央はどこか安堵していた。


大晦日の朝、未央はいつもより早く起床して二人分の朝食を作ると、白い割烹着《かっぽうぎ》のまま自分の部屋の障子を豪快に開け放った。

「おはよう虎太郎！　さぁ、もう八時だぞ。いつまでも寝てないで、そろそろ起きろ」

ハンサムにあるまじきひどい寝相で惰眠を貪る居候の布団を、未央は容赦なく引きはがす。

「ほら、朝メシできたぞ。さっさと食べて掃除を手伝え。今日は大晦日だから、やることが山ほどあるんだからな」

「ん〜ん……まだ眠いし、起きれない…もうちょっと寝かせて欲しい…って」

奪われた布団を取り戻そうと伸びてくる手を、未央は軽く払う。

「なに寝ぼけたこと言ってんだ。働かざる者食うべからずってことわざがあるだろ？　昔から居候は働くって相場が決まってるんだよ」

まだ夢うつつなのか、虎太郎は身体を丸めて二度寝を貪ろうとする。

「こ〜ら！　起きないならマジで朝メシ抜きにするぞ？　おまえ、うちのばあちゃんの料理が好きだったろ？　今朝《けさ》はばあちゃん仕込みの豚汁とだし巻き卵。それから銀鮭《ぎんじやけ》を焼いたから。おまえの大好物ばっかりだ」

列挙した好物のおかずに反応したらしく、まだ寝転がったままではあるが、虎太郎がようやく目を開いてこっちを見る。

「……鮭は、西京焼《さいきようや》き？」

「もちろん」

「豚汁の中に、酒粕《さけかす》入ってる？」

「虎太郎が嫌いなの覚えてるから、入れてない」

「うわ〜すごい。僕の好物ばっかりだ」

「だろ？　メシ抜きにしてもいいのか？」

「それは絶対、困る」

基本、食べることが大好きな虎太郎は跳ね起きた。

「あ〜いい匂い。だし巻き卵の匂いって、たまらないよ。本当に大好きなんだ。未央さん、ありがとう」

そう言いながら、虎太郎は割烹着姿の未央をいきなり引き寄せて抱きしめる。

「は？　ぅわ！　ちょ。お…まえ、なんだよいきなり！」

てくる。


「お礼の気持ちだよ」

胸にすっぽり収められると身長差をよけいに感じて妙に悔しいし、なぜかまたドキドキし
てくる。

昨日から、虎太郎は絶対わざとやっているに違いないと思った。

「もぅ、離せよ。甘えるなってば」

胸を押し返してなんとか距離を取ったが、ちょっと顔が赤くなっている気がした。

「…き、着替えは？　持ってきてるのか？」

昨日、大きなリュックとトートバッグを持って訪ねてきた虎太郎は、部屋の隅に並べて置いた荷物を見てから、持ってると答える。

「そっか。あと、マンションに置いてあった他の家財はどうなってるんだ？　家電製品とかいろいろあるだろ？」

引っ越し業者にでも、あずかってもらっているのだろうか？

「あぁ、僕が入居してたのは家具や家電、食器も全部そろってる賃貸マンションだったから荷物はこれだけだよ」

「へぇ、すごい。知らなかったけど、今はそんな便利なマンションがあるんだな…って、おい虎太郎！」

会話の途中で彼は唐突にパジャマを脱ぎ始め、未央は部屋を出るタイミングを逸してしま

った。

高校時代、バスケットボール部に所属していた彼は今もまだなにか運動を続けているのか、意外なほど筋肉質ないい身体を保持している。

逞しい腕で、荷物の中からジーンズを摑み出すと、上腕二頭筋が盛りあがる。

浮き出た胸筋や波打つ腹筋からも目が離せなくなったまま、未央は虎太郎の着替える様子を微動だにせず眺めていたが…。

「なに？　未央さん、僕の身体に興味があるの？　なんなら特別に触らせてあげてもいいけど。どう？」

こちらに目を合わせてウインクをされた瞬間、弾《はじ》かれたように肩を揺らした未央は、

「さ、触りたいわけないだろ！　早く食べに来いよな」

語気を強めて反論すると、部屋を出てから勢いよくピシャンとふすまを閉めた。

そのまま廊下をドスドス歩きながら、また動悸《どうき》が激しくなるのを意識する。

「あいつ、絶対わざとだ。俺を動揺させて楽しんでるのかよ。くそ～っ！　俺もなんで男の裸くらいで動悸が速くなるんだよ？　どう考えても変だし！」

無意識の独り言は妙に声が大きくて、虎太郎は部屋の中でそれを聞きながらクスクスと笑った。

「未央さん、聞こえてるよ～！」

その朝、よほどお腹《なか》が空いていたのか、虎太郎は朝から旺盛《おうせい》な食欲を見せた。

普段、手の込んだ料理をしても自分しか食べないので褒められることが皆無だから、未央は美味《おい》しいと言われると無条件で嬉しくなってしまう。

まるで可愛い飼い犬に、ごはんを与えているような感覚だった。

朝食後、虎太郎はこの広い家の大掃除を勤勉に手伝ってくれて、思いの外早く終えることができた。

「さてと、あとはしめ縄を玄関に飾ったら終わりかな」

「了解！」

例年なら、玄関扉の上にしめ縄を飾るのに脚立を使う未央だったが、背の高い虎太郎がいればそれも不要で、いとも簡単に飾りつけてくれる。

「はい、終わったよ。あとはなにすればいい？」

ヘタレのくせに、意外と頼もしい居候だ。

「あ〜、うん。次は鏡餅とお雑煮用に、餅をつこうと思ってるんだけど」

「お餅か、いいね！　そう言えば、おせちは？　今年は作るの？」

「うん。ばあちゃんが生きてた頃から毎年ちゃんと作ってたから、今も続けてる」

「そっか。未央さんは子供の頃、よくおばあさんから料理を習ってたよな」

「まぁ、習うって言うよりは、ばあちゃんの手伝いをしているうちに、自然と覚えたって感じかな？　今じゃ、ばあちゃんのレパートリーのほとんどを作れるよ」

未央の家庭は両親が共働きで、未央と千鶴は同居していた父方の祖父母に育てられたと言っても過言ではない。

だから今も祖父母のことが、本当に大好きだった。

「おせちは昨日までに作り終えてるから、今日はお餅だけなんだ。とは言え、臼《うす》じゃなく餅つき機でつくんだけどな」

鏡餅を作り終わったら、あとは酒の肴《さかな》に紅白歌合唱を観て年を越すだけだ。

「じゃあ未央さん、さっそくやってしまおう」

台所に移動してきた二人は、すみやかに作業することにした。

「じゃあ、まずは上の袋戸棚に餅つき機があるはずだから、それを出さないと」

「了解。棚の、どのあたり？」

高い棚をのぞき込みながら、あっちの箱だ、違う…こっちの箱だ、と二人で探していると、気がつくと未央は虎太郎に背中から囲い込まれるような格好になっている。

「うわっ…！　え？　なに…」

反射的に振り向いてしまったが、逆に対面になったことで体勢的には壁ドン状態になってしまい…。

「なかなか見つからないね。本当にこの棚にしまったの？　未央さん」

虎太郎は真上から、グッと身をかがめて訊いてくる。

「えっと…あの！　いや…」

近い近い近い近い！

思わず叫びそうになったが、なんとかこらえる。

この至近距離で、未央はほとんど混乱しながら胸中で毒づいた。

俺をからかってる？　いったいなにを企《たくら》んでるんだ？

そんなふうに思考だけがグルグルするけれど、なぜか手も足も硬直したみたいでまったく動かない。

「実は違う場所にしまったとか？　って、未央さん。ねぇ、どうしたの？　僕の話…聞いてる？」

なぜか声まで出せなくて、ブンブン顔を縦に振って聞いていると伝えたのに、さらに顔を近づけられる。

鼻の頭がくっつきそうで、そのとたん、コロンのいい匂いがした。

いつもならこの距離だと確実に手が出るはずなのに、香りで洗脳された気分だった。

なんで虎太郎は、昨日からこんなことばっかりするんだよ？

未央は意味がわからなくて、混乱して情けなくて唇をぎゅっと噛む。

「あ、見つけた。これだね？」

大きな餅つき機の箱を手に取って下ろすと、彼はいたって平静に笑みを向けた。


テレビでは紅白歌合唱が流れていて、二人は居間のコタツで温もりながら缶ビールをいただいている。

ほろ酔いの虎太郎はひどく機嫌がよかった。

「あ〜、いいなぁ。やっぱり日本家屋って最高だなぁ」

この近所は比較的、昔ながらの町並みが残っているが、それでも古い家は最近リフォームされるところが多い。

「単に、古いだけなんだけどな」

「でも趣って言うの？　情緒があっていいよ。僕は就職してからずっと1Kのマンションにいたから、こういう広い家ってなんか落ち着く」

いい具合に酔いのまわってきた頃、年越し蕎麦《そば》を食べ終えた虎太郎が、未央に仕事のことを訊いてくる。

「未央さんって今、お勤めはなにしてるの？　広告とかデザイン系？」

「あ～、うん。今はウェブデザイナーをしているんだ。在宅でも仕事ができるからな」

「へぇ。でもあなたは高校の頃、広告デザインの勉強を独学でしてたでしょう？　いつか海外で仕事したいって言ってたのを覚えてるよ。でも…だったらなんで、おばさんたちと一緒にアメリカに行かなかったの？」

虎太郎の問いに、少しだけ間を置いてから未央は答える。

「別に、今の仕事に充分満足してるからいいんだよ。それに、俺にはこういうのんびりした自由な環境が性に合ってる。堅苦しい勤めなんて性に合わないんだ」

今も変わらず、自由奔放な未央らしい発言だった。

実際ホームページ制作での利益はそれほど多くはないが、かといって生活に困るほど悪くもない。

それは未央が持ち家に住んでいることが大きいのかもしれない。

祖父母が建てたこの家にいれば家賃は発生しないし、光熱費も親の口座からの自動引き落としだ。

それに実は未央の祖父母は他にも土地をいくつか持っていて、そこの借地収入があるため、贅沢はできなくても適度に快適な生活はできるというわけだ。

でも虎太郎は、どうにも納得できないといった表情で未央を見る。

「ふ～ん？　なんか、いつも攻めの姿勢だった前のめりな未央さんらしくない気がする。すごく違和感があるんだけどな」

その発言に、未央は苦笑を返す。

「やっぱり虎太郎は伊達《だて》に俺の幼なじみじゃないってことか？　それより、もっと飲めよ。ほら、グラス空けろって」

はぐらかされたようで、まだ納得できない表情の虎太郎だったが、誘われるままグラスを威勢よく傾けた。

「うい～！　いただきます！」

【2】


翌朝、若干二日酔い気味の虎太郎は昼頃に起き出して、おとそを片手に未央手作りのおせち料理をいただいた。

見た目の美しさを大絶賛したあと、虎太郎がうまいを連発したことは言うまでもない。

料理を褒められて大いに気をよくした未央は、午後から初詣に行くため着物に着替えた。

ついでに父の着物を虎太郎にも着つけてやって、二人で地元の大きな神社に向かう。

「ねぇ未央さん。僕、着物なんて着たの初めてだけど、なんか気分が変わるよ」

未央は着せ方が上手く、帯がきつくなくちょうどいい案配に締められている。

「だろう？　やっぱり正月は、きっちり着物を着て初詣に来ると気持ちが引き締まるんだ」

参道は初詣の参拝客でにぎわっていて、両脇にはリンゴ飴《あめ》や焼き栗などの屋台が並んで美味しそうな匂いがしていた。

「未央さん。今朝、庭で素振りしてたね？」

意外な問いに、未央は驚く。

「え？　おまえ…見てたのか？　なんだよ、だったら声かけろよな」

「でも、すごく集中してたから声かけづらかったんだよ。それに、竹刀《しない》を振る姿があんまりかっこよかったから、ずっと見てたかった。まぁ、そのあと二度寝したんだけどね」

なんだか気恥ずかしくて苦笑する。

「おまえ、なに言ってんだよ。でも、朝の素振りは子供の頃からじいちゃんと一緒に毎日続けてきた習慣なんだ。一生続けるつもりだよ」

「ふふ。ホント未央さんって、おじいちゃん、おばあちゃんっ子だったんだ」

並んで本殿を参拝してから、未央は恒例だと言っておみくじを引いた。

「あ、大吉だ！　すごい」

喜ぶ未央の手から、虎太郎は素早くおみくじをかすめ取る。

「なんて書いてるのかな？　ふんふん。へぇ…そうなんだ」

「おいこら、勝手に人のおみくじを読むんじゃないよ」

まだ読んでいない本人が奪還しようと試みるが、虎太郎は高々と手をあげてしまう。

身長差があるから、そうなると未央には奪い返せない。

「へぇ、すごい。今年は久しい再会があって、長年の恋が成就するって書いてる」

それを聞いた未央は思いあたる節があって苦い顔つきになるが、対する虎太郎はやけにテンションが高い。

「よかったじゃない。どうやら、昔なじみとの恋が実るみたいだよ」

「いいから。ほら返せって」

二人が木の枝におみくじをくくりつけていると、着物姿の女性四人組に声をかけられた。

「あの…もしかしてあなた、西高《にしこう》バスケ部だった佐々木虎太郎クン？」

「え？　あぁ、そうだけど」

質問に肯定をもらった女性たちはやけに盛りあがって喜んでいる。

どうやら西高の同級生らしい。

だが未央は虎太郎より一学年上なので、あまり知らない顔ぶれだった。

「私たち、今からバスケ部だった水川《みずかわ》クンたちとカラオケに行く予定なんだけど、一緒に来ない？」

「あ～、いや。僕はいいよ。みんなで楽しんできて」

せっかく誘われたのに、虎太郎はあっさり断ってしまう。

久しぶりに地元に帰ってきたんだから、級友と親交を深めればいいのにと未央は思うのだが。

「え～、どうして？　久しぶりなんだから行こうよ。用事があるなら、途中で抜けてもいいんだし」

「ありがとう。でもあいにく、今日はこれから予定があるんだ。ホントごめん」

え？　いつ虎太郎に予定なんてできたんだ…？

と、未央が驚いて隣を見あげるが、黙っててと言わんばかりに目で合図される。

「そうなんだ。予定があるなら残念だけど仕方ないね。じゃ、また今度」

「誘ってくれてありがとう。ごめんね」

名残《なごり》惜しいのか、女性たちの中の一人が別れ際にふと別の話題を口にした。

「そう言えば、虎太郎クンは知ってる？　最近、千鶴が婚約したこと」

不意に妹の名前が出て、未央は思わず耳をそばだてる。

「え？　婚約…？　千鶴ちゃん、が？」

虎太郎は心底驚いた顔をしていた。

「やっぱりまだ知らないよね。二組の美佳《みか》から聞いたんだけど、相手は会社の人でね、熊みたいに身体の大きなラグビーやってる人なんだって」

「…それ、本当？」

「ホントだよ。だって美佳は千鶴の親友だったから間違いない」

虎太郎は呆然としたまま、一点を見つめて立ちつくした。

「なになに？　高校の時、佐々木クンの方から千鶴をフったくせに、今さらショックなわけ？」

「………………あぁ、いや。そんなはずないだろ？　ちょっと驚いただけだ」

虎太郎はめずらしく眉間を寄せたまま、今度は怖い目で未央を振り返る。

「あ、あの…ごめんね。私たち、お邪魔様でした」

なんだか虎太郎の機嫌が悪くなったことを敏感に悟った着物女子たちは、二人に別れを告げて行ってしまった。

とんだ外野のせいで気まずい状況に陥ってしまったが、未央は平静を装う。

「おまえ、このあと別に予定なかったろ？　彼女たちとカラオケに行けばよかったのに。俺も今からちょっと東村山《ひがしむらやま》に行く用事があるんだ」

「東村山？　そこに、なにがあるの？」

答える義務はないけれど、隠す必要もないと未央は思った。

「介護老人ホームがある」

それを聞いて虎太郎は、あぁ…とうなずく。

「未央さんのおばあさんが亡くなったことと、おじいさんが介護施設に入ってることは母さんから聞いてたけど…」

「そうだよ。じいちゃんはそこに入ってる」

それを聞き、察しのいい虎太郎はなにか気づいたようだ。

「なるほど…わかったよ。未央さんが、どうしておばさんたちと一緒にアメリカに行かなかったのか」

「……言っとくけど、別にじいちゃんの世話があるから、日本に残ったんじゃないよ。ここでも充分、面白い仕事ができるからだ」

祖父母に育てられた未央は、優しかった祖父を一人日本に残して、海外に行くなんて考えられなかった。

施設はとても高額なだけあってもちろん完全介護だが、未央にとってはそんな問題ではなかった。

「それに、あんまり忙しいのは俺の性分に合ってないんだよ。だから今は充分、満足だぞ」

強がりではない。

しばらく探るように未央の目を見ていた虎太郎だったが、少しして納得したようにうなずいた。

「なんだか、やっぱり未央さんは変わってないな。困ってる人にはいつもすごく優しいヒーローだ」

「なに言ってんだよ。別にそんなんじゃないって」

否定されたが、虎太郎には未央の本当の優しさがわかっているようだった。

「あの…このあと、僕も一緒にホームに行ってもいいかな？　未央さんのおじいさんに、久しぶりに会いたい」

要求を聞いた未央だったが、なぜか突然悲しい顔でうつむいてしまい、虎太郎は自分が気に障ることでも言ったのかと心配になる。

「未央さん？」

「ごめん、虎太郎…実はじいちゃんさ、もう…わからないんだ。父さんや母さんのことも、俺のことだって覚えてない。施設に行くたび『初めまして、どなたですか？』って訊かれるんだ」

「え？　それ…って」

　現在、未央の祖父は認知症が進行していて、身内でさえ認識できなくなっていた。

「本当なら家で俺が面倒見たいんだけど…じいちゃん、昼も夜も勝手に出ていって徘徊《はいかい》するんだ。それだけじゃなく、俺がわからなくてたまに暴れたりもする。これまで何度もそんなことがあって…お医者さんから、施設に入って完全看護してもらった方が安心だって助言された。それが、じいちゃん自身のためだって」

　なんと声をかければいいかわからなくて、虎太郎は黙り込んでしまう。

「あの…未央さん」

「でもさ。俺にとっちゃ、じいちゃんは今も昔も大事なじいちゃんだし、元気で生きててくれるだけでも充分なんだ」

「そうだね……わかったよ。そういう症状を知った上で、僕もホームに連れていって」

　虎太郎の気持ちは変わらないみたいで、未央は少し安堵した顔で了解した。

「ん…そっか。じいちゃんさ、誰かわからなくても人が訪ねてくるのは嬉しいみたいで、行くと喜ぶんだ。だから、ありがとうな虎太郎」

祖父の認知症のことを話すことができて、未央は少しだけ胸が軽くなった気がする。

今日は空が本当に澄んで快晴で、だから気分もよかった。

「あ〜、今日は晴れて気持ちいいけど寒いね」

「そうだな。わりと風があるからかな?」

慣れない草履《ぞうり》と着物の二人だったが、こうして並んで歩いていると未央は昔を思い出してしまう。

お隣さんとは家族ぐるみのつきあいで、この神社にも毎年、初詣に来ていた。

「そういえば虎太郎、ここで一度、迷子になったことあったよな?」

「あ〜、そういうこと覚えてるんだ。やだなぁ。それもう忘れてよ」

「あはは。残念ながら、ネタになりそうな面白い記憶は消去できないんだよ俺」

「意地悪だなぁ。でも確か…迷子になったあの時も、未央さんが僕を迎えに来てくれたんだよね」

「そう。だっておまえ、相当目立ってたからな。境内の真ん中でワンワン泣いてたし。大人が優しく声かけてるのに、無視してずっと泣いてた」

あの時の虎太郎は、母親ではなく未央の名前をひたすら呼びながら泣いていた。

今、隣を歩く図体のデカくなった虎太郎の姿をチラリと横目で見て、思わず吹いてしまう。

「ひどいなぁもう」

「悪い悪い」

未央は苦笑交じりに謝罪した。

「あのさ…未央さん、話は変わるけど…」

虎太郎は言いにくそうにしながらも、思いきって口を開く。

「…アメリカにいる千鶴ちゃんって、婚約したの？」

訊かれるだろうなと思っていたところに、予想どおりの問い。

「そうだよ。婚約したのは最近のことだけどな……でも、おまえに言ってなくてごめん。あいつ、半年後には向こうで結婚するんだ」

やっぱり一昨日《おととい》、虎太郎が訪ねてきた時に話しておけばよかったのかもしれない。

どうして言えなかったのかを考えてみて、未央は気づいた。

もちろん、虎太郎と千鶴が高校時代につきあっていたことを考慮したのもある。

だが実際のところ、自分自身が虎太郎に対して今も気まずい感情を引きずっているからだろう。

「婚約者って、どんな人なの？」

「うん…すごく優しくて真面目《まじめ》ないい人だよ。千鶴はきっと幸せになれると思う」

それを聞いて、虎太郎は安堵したように口元を綻ばせる。

「…そっか、それならよかった」

彼の一言は、未央にとって意外だった。

「なにが、よかったんだ？」

「僕は高校時代、千鶴ちゃんを傷つけたからね。でも彼女が幸せになれるならよかった」

虎太郎が話したことは事実だった。

「そうだよな。おまえが千鶴をフったあと、あいつショックでしばらく抜け殻みたいになってたから」

「本当にごめん。心から反省してるよ。でも…結婚するなら本当によかった」

もしかして、虎太郎は…。

「ずっと気にしてたのか？　だったら俺、年賀状にでも千鶴は元気だって書けばよかったな。あいつ、フラれてから半年後にいきなり人が変わったみたいに明るくなってさ、その後は一転して恋多き女に変貌してたから」

「そっか。うん、でも安心した。千鶴ちゃんが幸せなら本当によかった」

虎太郎はやけにすがすがしく破顔した。

「とりあえず、千鶴の中で虎太郎はすでに過去の人になってるから、もう気にしなくていいぞ」

これは事実だ。

「……なら、もう時効でいいかな？」

その時、突然声のトーンが変わったので、未央は思わず足を止めて隣の虎太郎の顔を見あげる。

「時効って、なにが？」

「よし、決めた」

「…は？　なんだよ急に？」

「僕は、もうウジウジいつまでも迷うのはやめにする」

宣言するような勢いで告げられたあと、いきなり腕を摑まれた。

「だから、なんの話だよ？　って、え？　ちょっと。どこ行くんだ」

未央の腕を引いて、虎太郎は早足で歩いていく。

「今から願掛けしようと思うんだ」

そう言った虎太郎は社務所で絵馬を授かってくると、意気揚々と筆で文字をしたためる。

なにを急に思い立ったのかと気になったが、絵馬に書かれた意外に達筆な字を見て未央は目を疑った。

「え？　は？」

俺、からかわれてるのかな？

未央がそう思うのも当然で…虎太郎が書いた願い事というのは…。

『未央さんと二人で、ずっと幸せに暮らせますように』

自分がもしも女子だったなら、まるでプロポーズにも受け取れるその文言。

「どう?」

誇らしげに絵馬を見せられて、未央は条件反射的に虎太郎の頭を叩いてしまう。

正直、今の心境を白状するなら、少しのいらだちと最大級のドキドキが入り交じった複雑怪奇なものだった。

「おまえ、ワケわかんない。さては、ずっとうちに寄生するつもりなんだな? ほら、早く絵馬を奉納してこいよ。今からじいちゃんのところに行くんだろ」

頬が熱くなってくる。

あぁ、まただ。

本当に虎太郎は、自分をからかって楽しんでいるんじゃないだろうか?

それとも本気?

どっちなのかわからなくても、正直…未央はそれを嬉しいと思ってしまった。

「ちょっとちょっと未央さん。この絵馬の願掛けの真意を、僕に説明させてくれないの?」

本当にこの願掛けが虎太郎の本心なんだろうか? まさか…な?

でも、本気だったとしたら…?

いや。そんなわけない。

だって俺たちの間には、八年もの長いブランクがあるんだぞ？

だけども…。本当の本当に、虎太郎が本気だったら？

とりあえず、虎太郎の今の気持ちは受け止めなくちゃいけない気がした。

「未央さん？」

虎太郎は、今も自分のことが好き。

もしそれが真実なのだとしたら、小躍りするほど嬉しい気持ちが胸に満ちてくる。

うわ、どうしよう…俺…やっぱり今も虎太郎が好きなのかもしれない。

ところが…。

元来の未央の性格からして、簡単にはその感情を認められなくて。

「おまえが書いた願掛けの意味なんて…別に…興味なんてないし…」

本当は訊いてみたかったのに、聞くのが怖いのも未央の正直な気持ちで…。

「ほら、じいちゃんとこに一緒に行くんだろ？」

先に立って足を踏み鳴らして歩き出すと、背中からは、さも楽しそうな笑い声が聞こえる。

「そうだね。一緒に行こう」

とても温かい声だった。

正月休みが明けてから、虎太郎は毎日就職活動をしているが、その間もずっと未央の家で世話になっている。

なかなか希望どおりの仕事が見つからないらしい。

要するに、虎太郎は自分の能力をちゃんと認めてくれて、なおかつそれを最大限に活かせる技術職に就きたいらしい。

そのあたり、いかにも彼のエンジニア魂が見て取れた。


二人の同居が始まってから一ヶ月が過ぎた二月初旬の寒い夜。

ＮＢＡバスケのテキサスからの試合中継を観戦しながら飲んでいた二人は、シュート合戦の接戦にテンションがあがっていた。

虎太郎は高校時代はバスケットボール部に所属していて、インターハイにも行った経験を持っている。

だから今でもＮＢＡの試合は、ＢＳ放送で必ずチェックするほどのファンだ。

応援しているポイントガードの選手が活躍していることで虎太郎は歓喜していて、アルコールも進んでしまう。

「この前お土産《みやげ》にもらったこの焼酎《しょうちゅう》、すごく美味しいよ。飲んでみて未央さん」

「あ、サンキュ」

もちろん高校時代、虎太郎の試合を何度も応援に行ったせいで未央もバスケには詳しい。

虎太郎に負けず劣らず、ひどくご機嫌なテンションで贔屓のチームを応援していて、正直うるさいほどだ。

ここが一戸建てだから大声で騒いでも咎められないが、マンションなら確実に苦情が出るレベルで盛りあがっている。

「未央さ～ん、つまみが切れたんだけど」

未央が作るつまみは絶品で、虎太郎はいつにも増して酒も食も進んでしまう。

「あ～、よし待ってろ。昨日作ったマグロの竜田揚げ、確かまだ冷蔵庫に残ってるから持ってきてやる」

そう言って立ちあがったとたん、足下がふらついた。

「うわ、大丈夫？　ちょっとお酒まわるの早すぎない？　あんまり酔って意識がなくなったら、このあと困るんだけど」

「あ～平気平気。ん？」

このあと？　困る……？

なんだか気になる言いまわしだったが、すでに脳味噌が上手く働いてくれない。

そもそもこんなに飲ませたのは、目の前で心配そうな顔をしている虎太郎自身だ。

いつもなら身体に悪いとか気遣ってくれるのに、今日はやけに飲ませる。

しかも飲み方がいわゆるチャンポンで、ビールやワイン、シャンパンに焼酎となんでもありだ。

いろいろ思考を巡らせながら壁伝いに廊下を歩き、台所に入ってレンジで温めたつまみを持ってまた居間に向かった。

「ほらお待たせ。これ、美味しいぞ」

ラップを取ってコタツの上に置くと、さっそく虎太郎が竜田揚げを指で摘んで口に放り込む。

「あ~旨《うま》い！　未央さんって本当に料理上手で最高だよ。僕はね、もう昔から未央さんが一番なんだから」

軽々しくも、そういう思わせぶりな言葉を口にするのが、今夜は気に障った。

なぜかは、わからないが。

高校時代、未央は虎太郎に「もし未央さんが女子だったら、幼なじみとつきあえるか？」と尋ねられて、ノーと答えている。

だから、

「嘘つけって。俺じゃなくて、おまえのカノジョが一番に決まってるだろ？」

虎太郎には現在、恋人などと呼べる存在がいないことは、一ヶ月以上一緒に暮らして予想がついていた。

でもちゃんと確かめたくて、さり気なさを装って訊いてみる。

「え？　僕のカノジョだって？　なに言ってるの。今は、そんな人はいないよ」

予想どおりの答えにひどく安堵してしまった自分を少し俯瞰《ふかん》で見ることで、未央は複雑な想いを噛みしめる。

虎太郎にカノジョがいないことが、こんなに嬉しいと感じるなんて…。

「それに、見てほら。これが僕の元カノなんだけど…なにか気づかない？」

スマホに残っている写真を隠すことなく見せられて、未央はあることに気づいた。

可愛いという形容詞があてはまる虎太郎の元カノは、面影がどこか自分に似ている気がする。

「どう？　ふふ、わかるでしょう？　やっぱり僕にとって、未央さんが理想なんだよ。顔は特にね」

「顔は、って！　なんだよそれ」

本当に失礼な言い方だとか、元カノの写真なんかさっさと消去しろとか、いろんな文句が頭の中でぐるぐるしてくる。

これは、いよいよ酔いがまわってきた証拠だ。

「おまえねぇ。俺のいいところは顔だけってことか？　ホント無礼な奴だなぁ」

なんとか憎まれ口を叩いてみる。

「まぁ、顔が一番好きだけど、もちろん性格もだよ。あと、料理が上手いし昔から僕に優しくしてくれる」

え？　……俺、優しくしてるか？

いつも虎太郎には、言いたい放題言ってるのに？

「あ～ぅ～、おまえに褒められると妙な感じがする。なんか俺、もしかすると虎太郎に上手く利用されてるっぽい？」

無償で居候させてメシを食べさせ、なんやかんやと甲斐甲斐《かいがい》しく面倒を見ている。

「利用するだなんてひどいな！　違うって。純粋に未央さんが好きなんだよ。他意はまったくない」

「……ふ～ん」

「好きだから好きって言ってるだけだ。僕は子供の頃から未央さん一筋だから」

なんだか必死で言い訳している虎太郎が、可愛くてしょうがなくなる。

「おまえ、マジで冗談ばっか言ってると風呂に沈めるからな」

だから未央は、あえて虎太郎の言っていることが『冗談』だと断定して、意地悪をしてやった。

でもこれは、好きな子をいじめたい心境ってやつで…。

そろそろ、わかってる。

もう少し押されたら、自分も堕ちてしまいそうだってこと。

そのくらい、虎太郎のことを好きになっている。

「未央さん、ひどいなぁ」

いじめると困った顔で甘えてくる子犬っぽさは昔から変わらなくて、なぜか毎度キュンとくる。

さりげなく近づいてくるイケメンの顔を押し返して頭を叩こうとしたら、いつもと違う展開が待っていた。

振りあげた手を掴んで引っぱられ、未央は虎太郎の胸の中に倒れ込む。

「うわっ…！」

厚い胸板に鼻っ柱をぶつけて急いで顔をあげると、両肩を掴まれ超至近距離で見つめられた。

なんか…ヤバイ。

ヤバイってことだけは自分でもわかったのに、なぜか手も足も動かせない。

「聞いて欲しいんだ。茶化したりしないで、真面目に…」

しかも酔いがまわって、視界がクラクラしていた。

「なん…だ…よ?」

あ〜、もう完全に飲みすぎだ…俺。

「あの…未央さん。今ならはっきりわかるけど、僕は子供の頃から…未央さんが好きだったんだと思う。でも…」

あ〜もう。完全に告白だよこれ。

「僕はまだガキで、実際それがどういう種類の好きかわからなかった。いいや…薄々気づいてたけど認めるのが怖かったのかもしれない。それに…冗談っぽく告ったことがあったでしょう? あの時未央さんに拒否されて。だから、その…あなたに似てる千鶴ちゃんと…」

告白のあとに待っていたとんでもない自白を聞かされた未央は、急に目を見開いた。

頭を振って、酔いを醒《さ》まそうと努める。

冷静に彼の言葉を吟味《ぎんみ》し、その意味を理解しようとした。

要するに、虎太郎は自分の身代わりとして、妹の千鶴とつきあったって言うのか?

それが本当だとしたら急激に腹が立ってきて、未央は虎太郎の胸を一つ叩いた。

「おまえ、最低だな!」

あの頃、正直、虎太郎と千鶴がつきあったことで疎外感を感じたのを覚えている。

あんなに自分にベッタリ懐いていた虎太郎が、いきなり妹とつきあった。

どういうわけか当時の未央は、虎太郎の恋人になった妹に対して複雑な気持ちを抱いてしまい…。


いや、正直…疎外感や複雑な感情などといった、生やさしいものではなかった。

ひどくショックを受け、半端ないほどの喪失感と嫉妬《しっと》を抱いたことを覚えている。

でも今、虎太郎が打ち明けたことが真相だったとしたら？

「おまえさぁ、なら…千鶴は俺の、身代わりだったたって言うんだな？」

「……そう。千鶴ちゃんには本当に失礼な話だったと思う。だから反省してるよ」

妹を傷つけられたというのに、未央は虎太郎の告白に驚くほど安堵している自分を感じていた。

「……そうか。そうだったんだ。うん…わかったよ…わかった……」

「未央さん？」

それどころか、虎太郎の告白に心拍数があがってしまう。

ずっと胸に残っていた傷が癒《い》えるような不思議な感覚だったが、あまりに唐突な話のせいか、未央の胸にふと疑念が生じた。

気持ちがあがったり下がったりと、目まぐるしい。

「なぁ。もしかして、それって逆じゃないの？　おまえは今もまだ千鶴が好きで、だから今度は俺を千鶴の代わりにしようと思ってる…とか？」

自分でも意地悪だと思ったが、案の定、虎太郎は不愉快そうに眉を跳ねあげた。

「はぁ？　なに言ってるんだよ？　だったら高校時代に千鶴ちゃんと別れてないし、それにもし別れたことを後悔してたら、そのあといくらでもリベンジしてるよ！」

やけに必死で言い募る虎太郎が、やっぱり愛おしく思える。

「信じてくれるまで何度でも言うよ。僕はあの頃まだ子供だったから、未央さんへの気持ちの正体がわからなかった。でもあれは間違いなく恋だったと、今ならはっきり言える」

「…恋だなんて。でも……」

「待って言わないで！　未央さんは僕が嫌い？　それとも、好き？　答えを出す前によく考えて欲しい」

白か黒かの明確な返事が欲しそうな虎太郎だったが、未央はまだ混乱して返事どころではない。

しかも、酔いがまわっている状態だ。

「そういう訊き方はズルいだろう？　でも、おまえ…本気なのか？」

自分が虎太郎を好きか嫌いかってことなら、好きに決まってる。

「僕は本気だ。本気で未央さんが好きなんだ」

「……マジか…。本当に…本気、なんだな？」

正直、今の気持ちを言葉にしたら簡単簡潔。

嬉しい！

素直にそう思える。

「そうか。本気なのか…なら………うん、わかった。ちゃんと考える」

ここまではっきり言葉にされたら、もう認めるしかない。

虎太郎が本気なら、その気持ちはちゃんと受け止めなければ。

「よかった。考えてくれるんだね？　僕とのこと」

そして、もうわかりきっている自分の答えもだ。

ただ、八年という長いブランクと、再会してまだ一ヶ月という時間が、二人の関係を進展させることに少しブレーキをかけている。

「うん…考えるよ」

そしてもう一つ踏み出せない理由は…。

ノーマル嗜好である虎太郎を、ゲイの世界に引き込んでしまうかもしれないうしろめたさ。

好きという感情だけで、本当に前に進んでいいのかどうか…。

そんな、いろんなことを整理する時間の猶予が、少しだけ必要だと思った。

「っ……ぅ」

あれ？　それにしても俺…さっきからなんか調子が変だ。

酔ってる時に難しいことを考えすぎたせいか…目の前がぐるぐるして気持ち悪い。

「ヤバ…っ…なんか、クラクラする…」

「え～、未央さん！　そんなに酔ってたなんて聞いてないよ。大丈夫？」

いよいよ酔いがまわって、視界もまわっているらしい。

もとから酒に強い方ではなかったから、チャンポンの効果が出ても仕方がない。

「だめだ。目がまわって。俺もう…」

寝る…！

と言って立ちあがろうとした未央だったが、力が入らなくてよろけてしまい、虎太郎がとっさに抱き止めてくれる。

「わっ…ごめん。俺、ヤバイくらい酔ってるみたい」

意外にもぶ厚い胸から急いで離れようと上体を反らしたら、そのまま一気に押し倒されて…。

後頭部をぶつける勢いで仰向けに転がされたあと、顔の両側にトンと手がつく。

見あげると、虎太郎に組み敷かれた状態で、じっと見下ろされていた。

「未央さん」

妙にかすれた声が甘く聞こえて仕方なくて…喉が震える。

ゆっくり端正な顔が降りてきて、なにをされるのかようやく気づいたが動けなかった。

「…未央さん……」

遠慮気味に唇が触れた瞬間、まるで感電したみたいにビクンと肢体が揺れた。

不思議なくらい甘い感情が胸を満たして、歓喜が全身からあふれ出す。

唇の表面を確かめるみたいに甘くたどられると、明らかな快感がざわっと背筋を這《は》う。

「んっ……」

最低限、キスをされていることはわかったが、アルコールに侵された頭では、これが夢かうつつか判別ができなくなっていた。

「ねぇ、口開けて」

温度の高い舌が未央の唇の結び目をつついてきて、中に入れろと催促してくる。

「い、やっ…」

キスの相手が幼なじみだから気持ちでは困惑しているのに、与えられるキスが甘くて仕方ない。

未央はその理由を、ぼんやりと考える。

最近こういう秘め事がごぶさただから？

いや違う。

きっと、相手が虎太郎だから…だろう。

「お願い。未央さん…口、開・け・て」

一語一語、区切るような強めの命令口調だったから、

「ん…ぁ…っ…」

迫力負けした未央が戸惑いながらもわずかに結び目をゆるめると、即座に舌が分け入ってくる。

驚いてひゅっと鋭く息を吸って身震いすると、あやすみたいに優しく髪を撫《な》でられた。

「大丈夫だよ。キスしてるの、僕だから…ね、未央さん」

その声のお陰で緊張していた筋肉が弛緩すると、虎太郎は思いのままに舌を伸ばして絡みつかせ、頬の内側の柔肉まで舐めまわす。

まだ好きだって返事もしていないのに…どうしようもないほど気持ちよかった。

「んっ…ふ。ぅ…」

意識しないのに鼻から媚《こ》びた音が漏れ、それに気をよくした虎太郎の行為に大胆さが混じってくる。

「未央さん、気持ちいいんだね？　嬉しいよ。なら…これは？」

キスは優しくて執拗《しつよう》で官能的で、自分が誰にされているのかわからなくなった。

パーカーとシャツの裾をめくられ、そこから虎太郎の手が大胆に侵入してくる。

なにをされているのか理解する前に、熱を帯びた掌が腹から胸までを確かめるみたいに触ってきた。

「っ…あ」

たどたどしく肌を撫でる仕種は不慣れだけど熱心で…どうしても拒絶できない。

さらに、わざとなのか、撫でる指先がたまに乳首を引っかけるから、だんだん硬くなっていくのが未央自身にもわかった。

やだよ。恥ずかしい…。

顔が火照ってきて、酔いのせいで今度は視界が揺れるようなめまいに襲われる。

ろくな抵抗ができないでいると、大胆になった手がパーカーの裾を摑み、勢いよく鎖骨までたくしあげた。

「やっ！　ちょ…やだっ」

胸元があらわになると、妙な独り言が聞こえてくる。

「あ〜。未央さん、綺麗に腹筋ついてるね。可愛い顔してるのに細マッチョで、このギャップがたまらないんだよ」

未央は毎朝、欠かさず竹刀で素振りをしているが、その鍛錬が腹筋や胸筋、上腕筋をほどよく発達させている。

「虎太郎、なぁ。寒いって」

パーカーの裾を下げようとしたら手首を摑まれ、顔の横に押さえつけられた。

「両手はここ。わかった？」

やけにきっぱり注意され、ワケがわからないのに勢いに押されてうなずいてしまう。

「可愛い。未央さん…」

唇にチュッと音をたててキスをしたあと、虎太郎は唐突に胸元に顔を伏せる。

「美味しそう」

「ぇ…？　っな。ぅ…あっ」

ビクンと大げさなくらい肢体が揺れた。

さっき執拗な指にこすられ続けた乳首が、今度は熱い舌の洗礼を受けてしまう。

「ぁぁ…ん。や…だ。舐める…な、って！　や…ぁ…ぁぁ」

いやいやと首を打ち振ってみても、信じられないほど乳首が気持ちよくて戸惑う。

脳とアソコに一気に卑猥な血液が集まってくると、さらに酔いがまわって未央の自制心は呆気なく崩壊してしまい…。

そこに残ったのは、欲望に素直な肉体だけ。

「驚いた。少し舐めただけなのに。乳首、すごく感じてるね？　それに、ツンッて尖ってきたけど、どうして？　なんか…慣れてる？」

虎太郎は少し違和感を覚えたようで、少しだけ眉をひそめてみせた。

「なら、こうしてあげようかな？」

「あぁ！　ぁ…ふ！」

優しく軽めに啄《ついば》まれると逆にもどかしさが募って腰が浮きあがり、乳首は疼きながらもっと充血していく。

こんなんじゃダメだ。足りないよ。

「ぁ、ぁ…お願い。もっと、強く嚙んで。もっと…そこ、吸って。しょ…ぅ…た」

未央がうわごとのように懇願した瞬間、覆いかぶさっていた虎太郎の動きが止まった。

「………ねぇ未央さん。今、誰かの名前を呼んだ？　それって誰？　どういうことかな？」

今の未央は酔いがまわって、自分を抱いているのが誰か判別不能になっている。

「未央さん。今の名前って……男、ってことはないでしょう？　まさか…ね」

泥酔状態の未央に答えを求められないと悟ったのか、虎太郎はたくしあげていたパーカーを元通りに引き下ろす。

「…ぁ。え……？」

「ごめんなさい。ちょっと頭に血がのぼって冗談が過ぎたみたい…もう眠いでしょう？」

細身の身体を軽々と抱きあげると、虎太郎は未央を大事そうに部屋に運んでいって、布団に寝かせる。

「おやすみなさい未央さん。こんなに飲ませたから、あなたは今夜のことなんて明日には忘れてるんだろうね。でも…その方がよかったのかな？　…俺、なんかあせってしまって。反省してる」

布団がかけられると一気に睡魔が襲ってきて、未央は意識を暗転させていった。

虎太郎の予想どおり、未央は翌朝には前夜の記憶を半分以上飛ばしていた。
彼が落胆したことは言うまでもない。

【3】

〜　八年前　〜

未央にとって一つ年下の佐々木虎太郎は隣家に住む幼なじみで、物心ついた頃から一緒に成長してきた。

彼が高校二年の夏休みに、父親の転勤でこの世田谷から横浜に引っ越してしまうまで、とても仲がよかった。

中学までは最寄《もよ》りの同じ公立校に通っていた二人だが、受験で未央は地元の普通レベルの西高に進学。

翌年、なぜか虎太郎も同じ高校に入ってきたことに、未央はひどく驚いてしまう。

なぜなら、彼は中学での成績がトップクラスだったからだ。

不思議に思って訊いてみると、徒歩で通えるしバスケの強豪校だからというのが理由で、未央もそれには納得した。

虎太郎はバスケットボールに青春をかけていると言っても過言ではないくらい、日々練習に励んでいたからだ。

当然、ランクを落として入学した彼は高校でも常に成績はトップで、おまけにバスケットボール部でも一年で唯一レギュラー入りするなど、とても目立つ存在で女子人気が高い。

密《ひそ》かにファンクラブもあるという噂《うわさ》もあるほどだ。

でも意外にも趣味はガンプラというオタク気質でもある虎太郎。

さらには、ちょっと気が弱い面もあるのだが、そこもギャップ的魅力らしい。

ヘタレワンコとか揶揄《やゆ》する女子もいて、最近の女子高生の嗜好が未央にはさっぱりわからなかった。

そんな好条件にルックスまでついてくると嫌味なくらいで、しかも虎太郎はこれまで誰ともつきあったことがないというオマケつき。

当然、狙《ねら》っている女子が大勢いたのは言うまでもなかった。


それは、未央が高校三年生の六月のこと。

自身にとって高校最後になる剣道のインターハイ予選に出場した。

試合の帰り、部員たちと駅で別れてから、未央は虎太郎と並んで家路についている。

「あぁ！　ホント惜しかったな〜。あと一歩だったのに」

ひどく悔しがっているのは、本人ではなく隣を歩く虎太郎で…。

未央は小柄だが素早い動きが持ち味で、いつも都大会では上位に名を連ねる常連。

でもどうしても長身の相手との一戦になると不利な点が多々出てくるため、運動能力や技量でカバーできない部分があった。

「まぁな。でも俺の体格じゃ、準決勝までよく進めた方だと思うぞ」

口では言ってみるものの、正直そこは納得できない部分ではある。

これまで何度も葛藤したが、身体的な問題はある程度能力でカバーできても限界がある。

ようやくその点を悔しいながらも認めるにいたった未央だったが、やはり準決勝で敗れたことは残念だった。

それこそ、カノジョを作る暇も惜しんで毎日剣道に打ち込んできたからだ。

「未央さんの家族も見に来てたよね」

「うん。俺さ、じいちゃんが観覧席にいると思うと、いつもそれだけで安心するから不思議なんだよ」

未央が出場する大会には、必ず駆けつけて応援してくれる祖父母。

試合のあとは冷静に問題点や改善点を伝えてくれる祖父には、今まで負けたことを一度も叱《しか》られたことがない。

厳しい面もあるが、とても優しい器の大きな人だった。

だからこそ、高校最後の大会の結果には、正直悔しさが募る。

「いつも思うけど、俺、本当に虎太郎がうらやましいよ。それくらいタッパもガタイもあったら、全国制覇も夢じゃなかったのに…ってな」

笑いながらだが、それはほとんど本気の発言だった。

隣家の幼なじみは中学でバスケ部に入ってから一気に身長が伸び、厳しい部活を続けることで体格も立派に成長した。

いくらトレーニングを重ねても体格に恵まれない未央は、虎太郎をどれだけうらやましいと思ったことか。

「まぁ、僕は遺伝的に大きくなったからね…でも未央さんは絶対に今の小さいままがいいよ」

「はぁ？　なんでだよ。意味がわかんないし」

「だってさ、今のサイズがすごく可愛いから」

「…でた！」

未央は眉間を寄せて虎太郎を睨《にら》む。

なぜか虎太郎は、頻繁にこういう馬鹿げた冗談を言ってくるから始末に負えない。

それこそ二人だけの時ならまだしも、友達や部活の後輩がいるところでも平気で『可愛い』を連呼してくる。

そのたび、周りの連中から『虎太郎は未央が大好きなんだよな～。もうつきあっちゃえば？』と、からかわれる始末。

「可愛いなんて言われても嬉しくないいって。女子じゃないんだから」

男にとって可愛いなんてのは、断じて褒め言葉じゃない！

「いやいや。もし未央さんが女の子だったら、僕は絶対カノジョにしたのに」

「まぁた、そういうことを…はぁ。おまえ、何回馬鹿なこと言ってんだよ」

未央はまた、こうやってあしらう。

今のやりとりは何度も繰り返されたもので、虎太郎はまったく相手にされてなくても懲りずに言ってくる。

だから未央も「こいつ…案外本気なのかも？」と、思わざるを得ないくらいで…。

だがそんな虎太郎の心情を、当時は完璧ノーマルだった未央が推察することはなかった。

「そうそう、来週の土曜は練習試合があるんだけど、観に来てくれるよね？」

「あぁ、もちろん行くよ。千鶴も行きたいいって言ってたし」

一つ違いの未央の妹、千鶴も同じ学校に通っていて、小柄で可愛く清純な雰囲気で、男子生徒からはマドンナ扱いをされている。

だが当の本人は昔から幼なじみの虎太郎が大好きで、今もそれは変わらないらしい。

「よかった。じゃあ僕、試合では張りきってかっこいいとこ見せるよ」

勇んで答えた虎太郎は、男前の顔で未央にガッツポーズでアピールしたが…。

「あ〜。ならきっと、千鶴がまた黄色い声で応援するんだろうな」

「え？　あぁ、千鶴ちゃんね。そうだね…うん」

千鶴の話にすり替えられ、虎太郎が密かに肩を落としたことを未央はまったく知らない。

「そうだ未央さん。試合翌日の日曜だけど予定空いてる？　観たいって言ってたアクション映画の前売りチケット買ったんだ」

「あ、大丈夫。行く行く！　いつもサンキュな」

本当に虎太郎は優しいいし気が利くと未央は心底思っていた。


一週間後の日曜日。虎太郎と映画を観に行った帰りのこと。

子供の頃、いつも遊んでいたなじみの公園のベンチで、二人はフォーティーワンのダブルアイスを食べている。

「未央さん。昨日の試合の俺、どうだった？」

夕刻とはいえ、今は夏真っ盛り。

「あ～！　ほら未央さん、そっち側からアイスが垂れてるってば！」

「うわ。マジか」

コーンにのったアイスはどんどん溶け出して、未央は舐めることに必死になる。

「もぉ、だからいつもカップにしたらって勧めてるのに」

「いいんだよ。溶けるのと格闘するのがコーンアイスの醍醐味《だいごみ》なんだって。それより昨日の試合、おまえめっちゃ調子よかったよな。隣で千鶴がキャーキャーうるさかった」

虎太郎のシュートが何本も決まって、そのたびこっちに向かってキメ顔をしてくる。

千鶴は興奮状態マックスだったが、未央も他の生徒と同じように自然と応援に力が入った。

「ふふん。未央さんもさ、僕のプレーかっこいいって思った？」

「あたり前だろ？　おまえがかっこよくなかったら、誰がかっこいいんだよ。超かっこよかったよ」

かっこいいを連呼され、虎太郎は至極満足げな顔で調子づいた。

「すっごく嬉しい！　ならさ、僕のこと好き？」

まるでさっきの会話のつけ足しのように訊かれるから、普通に答える。

「だから、おまえのことは子供の頃から好きだっていつも言ってるだろ」

「違くて。あのさ…ならその…たとえば、僕とつきあってもいいくらいには好き？」

虎太郎から、『好きだ』とか『未央さん可愛い』とか言われるのには最近慣れてきたが、あまりに妙なことを訊かれて、さすがの未央もアイスを食べる手を止める。

「なにそれ？　……おまえ、なに言ってんの？」

「だからたとえばの話だよ。もし未央さんが女子だったらって仮定して答えて」

はっきりした口調と裏腹に、アイスの入ったカップを持つ虎太郎の手が少しだけ震えていた。

食べるのを忘れられたラムレーズンアイスが、半分ほど溶けているのがやけに気になる。

「……俺が、女子だったら…って言われても…わからないよ。そんなの、実際女子じゃないし。でも、ずっと一緒にいる幼なじみなんだから、俺がたとえ女子だったとしても虎太郎のことは友達としか見られない気がするけど」

仲良しの幼なじみと恋に堕ちるなんて、自分が女子だとしても想像しがたい。

「そうかな？　それ…いろいろ偏見っていうか、固定観念に囚《とら》われてるだけじゃないの？　別に幼なじみだって、つきあえるよ」

あくまで未央が女子だと仮定して、話は進んでいく。

「いや。俺にはあり得ない。いくら男女でも昔からの友達だろ？」

正直に答えたあとで苦笑すると、虎太郎はいきなりベンチから立ちあがる。

「は？　…え？」

食べかけのアイスを唐突に未央に渡すと、彼は『帰る』と一言つぶやいてから背を向けた。

「なんだよ。あいつ…」

こんな態度の虎太郎は初めてで、正直気にはなったがどうしようもなかった。


ところが数日後、意外な事態が起こった。

虎太郎が突然、妹の千鶴とつきあい始めたのだ。

それを知った時、未央は理由もわからないのに信じがたいほどの衝撃を受けた。

「千鶴は僕を好きだって言ってくれたからね。ほら、幼なじみでも気持ちが恋愛に変化することもあるんだよ」

冷たい声でそう断定されたことは、未央が成人した今でも忘れられない。

当時、未央はその時の寂寥《せきりよう》感がどこからくるのか知り得なかったが、毎日イライラして虎太郎を無視していたことを覚えている。

その二ヶ月後、虎太郎の父は横浜への転勤が急に決まり、家族は引っ越していった。

虎太郎と千鶴の関係はそれを機に呆気なく終わったようだ。

実際、二人がちゃんと納得して別れたのか、自然消滅したのかはわからなかったが、虎太郎が転校したあとの千鶴は、しばらく生気が抜けたようだった。

だが半年ほど経《た》った頃、逆に人が変わったように明るくなって新しいカレシを作った。

結局未央は虎太郎と気まずくなったまま離れてしまい、得体の知れない痛みを胸に抱えたまま、自ら彼に連絡を取ることもできなかった。

それからは何度も、虎太郎が繰り返していた『好き』という言葉を思い出しては、彼が本気だったのか…とも考えたが、それを知っても関係を前に進める勇気はなかった。

ただ、それまでの人生において、男同士の恋愛なんか想像もしなかった未央も、虎太郎と離れてからは意識して考えるようになった。

虎太郎の想いと自分の本心。

さらには、男とつきあうことが、自分の中で『あり』なのかどうか。

その後、複雑な想いを抱えたまま大学に進学した未央は、そこでカノジョができた。

なぜかいつも関係は長続きしなかったが、ある時、変化は訪れた。

高校卒業を機に部活としての剣道はやめた未央だったが、友達に誘われて入った大学のテニスサークルで、あるチームコーチと知り合った。

彼はとても魅力的な男性だったが、どこか残念なところが妙に可愛らしくもあり、知り合って三ヶ月後に告白された時にはイエスと答えていた。

おそらく、本気で好きだったわけじゃない。

ただ、男同士の恋愛が本当に成立するのか、いったいどうやって身体を繋ぐのか。

そんな疑問をただ、解消したかったのだと思う。

もちろん彼を嫌いではなく、恋愛感情に似た好意を寄せていたのは間違いない。

今から思うと、イケメンなのにどこかヘタレな面を持つ相手が未央の好みのようだが、それはまるで誰かと似ていることに最近気づいた。

結局、テニスコーチだった彼との関係は大学卒業まで続いた。

男同士のセックスも互いの愛し方も、全部を彼から教わった。

その経験があったから、ようやく未央は虎太郎に対する自分の素直な気持ちと正面から向き合うことができた。

でも、時はすでに遅くて…。

広告関係の仕事に就いてからもつきあった男は何人かいたが、未央が好きになるのはいつもどうしようもないダメ男ばかりで長続きしなかった。

そして昨年の年末、虎太郎が家に転がり込んでくる一ヶ月前に、未央は恋人と別れたばかりで…。

自称画家のその男はモデルばりのイケメンだったが、のらりくらりと怠惰なダメ男で、今ではもう顔さえ思い出せない。

そんな経験があったせいで、虎太郎が突然目の前に現れた時、未央はひどく戸惑ってしまい…。

大げさでなく、終わったと思っていた過去が再び動き出す…そんな運命を感じた。

再会した虎太郎は昔と少しも変わらなくて、未央はワケもなく嬉しかった。


〜〜〜〜〜


虎太郎が就職活動を始めて二ヶ月後のこと。

意気揚々と家に帰ってきた虎太郎は、ようやく嬉しい報告を持ってきた。

「未央さん！　僕、ついに仕事が決まったんだ」

虎太郎の学歴なら、エンジニアとしてどこでも採用してくれると予想していたが、学究肌の虎太郎には譲れないこだわりがあったようで、なかなか再就職先が決まらなかった。

「よかったな。で、どんな会社なんだ？」

「うん、そこは精密機械を作ってる会社で、開発部の部長が僕を気に入ってくれてね」

「へぇ…精密機械関係の会社なら、前の仕事が活かせるじゃないか」

「そうなんだ。それに、僕のエンジニアとしての技量を高く買ってくれて、専用の研究室も用意してくれるらしい。だからこれからは、新商品の開発に心血をそそぐつもりだよ」

「研究室だって？　すごいじゃないか。よかったな虎太郎！　で、なんの開発をするんだ？」

「人を喜ばせるための精密機械だよ。それも高性能のやつ。でもまだ僕は知識が乏しいから、まずは市場調査をしてこれから頑張るよ。あの…できれば未央さんにも調査や実験なんかで少し協力して欲しいんだけど？　ダメかな？」

「え？　俺が協力できることなんてあるのか？　いや、もしあるなら遠慮なく言えよ。俺でできることなら、いくらでも手伝わせてもらうから！」

理系にまったく縁のない未央だから、精密機械とだけ聞いて、それ以上は尋ねなかった。きっと聞いても、難しいモーターやら基盤のことなどは理解できないからだ。

「ホントに手伝ってくれるの？」

「もちろん」

「やった！　よかったぁ。本当に約束したから覚えておいてよ。必ず手伝ってもらうから」

「OK。約束だ」

嬉しそうに仕事のことを話す虎太郎の姿にようやく安堵した未央は、さっそくケーキを買ってお祝いをすることにした。

樫井家の庭でソメイヨシノが清楚な花を咲かせる頃。

虎太郎は毎日、機嫌よろしく働いていて、未央も一安心して仕事に邁進していた。

丹精込めた夕飯の仕度も終わり、そろそろ虎太郎が帰ってくるかな…と、ふと考えてしまってから未央は苦い顔でつぶやく。

「あ〜……なんだかなぁ」

食卓には虎太郎の大好きな、つくねハンバーグと茶碗蒸し、他にも小鉢が諸々。

「これじゃあ、晩メシ作って待ってる奥さんみたいだよ…」

でも……正直、これが悪くないんだ。

「俺、すっかり虎太郎のことを好きになってるかも」

もう一度彼に告白されたら、おそらく今度は彼の想いに応《こた》えてしまうだろう。

こんなふうに心の準備は整いつつあるのに、虎太郎からは告白の「こ」の字もない。

まぁ実際、彼から告白をされた夜に未央はとても酔っていたから、記憶があいまいになっている。

だから最近は、あの告白は夢だったのかなと疑問に思う時もあるほどで。

そんなわけで、もう一度ちゃんと虎太郎の気持ちを聞いてから、自分も好きだと伝えたかったのだが…。

午後九時をまわった頃、ようやく玄関のベルが鳴った。

虎太郎はいつも合い鍵で勝手に入ってくるくせに、今夜は変だな…と思いつつも、未央は玄関に出向いて安易に引き戸を開けてしまった。

「よぉ、久しぶりだな。未央」

「え……」

だが、そこに立っていたのは、昨年別れた未央の元カレ、翔太《しょうた》だった。

顔を認識した瞬間、引き戸を閉めようとしたが、とっさに膝を入れられて阻止される。

「未央～、そんな冷たくすんなよ」

情けない顔で懇願されて仕方なく玄関に招き入れた時、絶妙なバッドタイミングでスマホが鳴った。

「翔太、ちょっと待ってろよ」

画面に表示された相手の名前は、佐々木虎太郎。

未央が緊張しながら応対すると、今夜は仕事で遅くなるから残業食を食べて帰ると伝えられた。

「そっか、わかった。うん…ぜんぜんいいよ！　こっちは適当にやってるし。じゃあな」

今、家に元カレが来ていることを知られたくなくて、なんだか会話がぎこちなくなってしまい、最短で電話を切った。

それにしても、虎太郎の帰宅時間に合わせてせっかく料理を作って待っていたのに、なんだか気落ちしてしまう。

「なぁ、未央。俺…今日はおまえに話があって来たんだよ」

一瞬、元カレの存在を忘れかけていた未央はため息をついて振り返り、彼と向き合う。

以前の翔太は髪型や服装も男くさいストリート系で、革ジャンにダメージジーンズが似合うような男だったが、どういうわけか今は綺麗めファッションで少し変わったように見えた。

「今さらなんだよ。翔太とはとっくに終わったんだから、もうここに来るなって」

話をすると厄介なので早々に帰ってもらおうとしたが、なぜか親しげに両手を握られる。

「聞いてくれよ未央。俺が描いた絵が、NYのアートコンペで入選したんだ！　で、今度赤《あか》坂《さか》で個展も開いてもらえることになった」

ダメ男の唐突で予想外の発言に、未央は面食らった。

NYは音楽や芸術が盛んな街で、いろんなコンクールが催されるが、世界中から一流作家の作品が集まる。

そんな中で入選することは、美術を嗜む者にとって本当に栄誉なことだ。

彼の描く油絵には斬新で荒々しい個性と魅力があって、未央は以前からコンクールに応募するよう勧めていたが、納得いく絵が描けないからと突っぱねられていた。

「それって本当なんだよな。うわ〜、よかったな翔太！」

美大を卒業してから就職もせず、のらりくらりと油絵を描いていた翔太だったが、未央と一緒にいた頃はさらに甘えることばかりで、描くことさえしなくなっていた。

だから未央は自分がそばにいれば、翔太をもっとダメにすると悟って…。

結局、自分から彼と縁を切ったのは去年の晩秋のことだったが、あのあと、翔太なりに努力をしたのだろう。

「本当におめでとう」

こんな男でも、半年もつきあったらそれなりに情も移っている。

「ありがとう。だから…なぁ未央、もう一回やり直してくれないか？　俺、今度は真面目に絵を描くから」

翔太は怠惰でだらしない面も多々あったが、優しいし気が利くし性格もいい奴だった。

でも、復縁を求められた瞬間、未央はきっぱりと言い放つ。

「無理。それは絶対あり得ない。ごめん」

一切迷いのない即答に、翔太はむしろ苦笑してしまう。

「なんだよ…もう遅いってのか？　けど俺、フラれてから気づいたんだ。おまえのこと、どれだけ大事だったのか」

「ん…ありがと……でもごめん。もうやり直せないよ」

その時、翔太は気づいた。

未央のサイズではない靴が、玄関にいくつか並んでいることに。

「あぁ…なるほど。そういうことか。未央、新しい男…できたんだ？」

まだ恋人未満だけれど、今一緒に暮らしているワケありの幼なじみ。

それにしても、虎太郎は今の自分にとって、どんなポジションに位置するのだろうか？

「恋人かどうかは正直まだわかんないけど。それとは関係なく、おまえとはもう終わったから」

それを聞いた翔太は、まるで他人事《ひとごと》のように人差し指を揺らしながらうなずいてみせる。

「そっか。今さら虫がいいよな…わかった。でも、さっきからスゲェうまそうないい匂いがしてんだけど？」

腹が減っている相手には無性に食べさせたくなる自分の性癖は、彼もよく知るところだ。

俺はアンパンメンかよ…と内心、自分にツッコミを入れてみた。

「翔太、腹減ってんの？　あ〜、そうだな。食べさせてやるよ。でも今夜だけだからな」

虎太郎は残業食を食べてくると言っていたし、せっかくの料理を無駄にしたくない。

「マジでいいのか？　やった！」

今夜は飲まないと決めていたのに、一杯だけつきあえとせがまれ、ビールを一口飲んだののだが…。

それに最近忙しくて疲れていたのか、一時間もしないうちに居間の畳で眠ってしまった

さほど酒が強くない未央は勧められるままに飲んでしまい、呆気なく酔っぱらった。

「ほら、もっと飲めよ。久しぶりに会ったんだぜ」

が悪かった。

明確な意図を持って触れてくる掌の感触で、不意に目が覚めた。

「ぁ！　ぇ？　っ…っ…や！　おまえ…な、に？」

「未央…なぁ、いいだろう？」

「ちょ、馬鹿！　なにしてっ…！　こんなのっ…っ、絶対ダメだって…ぁ、翔太…」

覆いかぶさってくる相手をはねのけようとしたが、股間を撫でる手つきが手慣れすぎていて、酔って火照った身体には快感しか与えない。

「なぁ、やめろって。翔…太…」

「けど未央、ちょっと触っただけでもうこの反応だぞ？　おまえ、たまってんだろ？」

正直、翔太と別れてからはセックスもごぶさたで、たまっているのは確かだった。

いったんは拒否したものの、ジーンズのファスナーを下げて直《じか》に触れてくる手があまりに気持ちよくて、自制が利かなくなってくる。

「ぁ…翔太。あぁ……ぅ。ふ…」

キスをされながらアレを丁寧に扱《しご》かれると、あっという間にのぼりつめそうになる。

「遠慮すんな。イっていいぜ。豪快にぶちまけちまえよ」

元カレから許可を得た瞬間、もう我慢できず一気に吐精してしまった。

翔太は掌で受け止めた未央自身の精液を、今度は慣れた手つきで指に絡めて後孔をほぐし始める。

「う…ふ…ぁあ！　ぁ…ん」

強引に広げられる感触が壮絶に具合よくて、嬉し涙までにじんでくる。

性に貪欲な身体がセックスを欲しているのがわかって、どれだけ自分が渇いていたのかを思い知った。

「スゲェな未央、どうしたんだ？　中…ヒクヒクしてんぞ？　突っ込んで欲しくてたまんないみたいだな？」

柔襞を一枚一枚認識させるみたいに懇ろにいじり倒され、気が遠くなるほど気持ちよくて、甘い喘ぎが止められない。

「ぁぁ…ぁ…ん。ぅぁ…そこ、ぃぃ…」

下着とジーンズが乱暴にむしり取られて…。

「挿れて欲しけりゃ、足…自分でちゃんと広げとけよ。ほら、挿れんぞ」

硬く勃起した肉塊がとば口に触れた瞬間、未央はとっさにギュッと目を閉じた。

自分が誰に抱かれているのかを、知りたくなかったからかもしれない。

熱い竿が縁を巻き込むようにじわじわ挿ってくると、めまいがしそうなほどの快感に見舞われた。

「ぁぁ…ぁ…ぃぃ」

まさに、その時だった。

未央はふすま一枚隔てた向こう側にかすかに人の気配を感じたが、その疑念は男の呼びかけとともにすぐ脳裏から消し去られる。

「おい、集中しろよ未央！　どうだ？　おまえ…ここ好きだったろ？　泣くほどよがらせてやるから、もっと足を開けよ」

パンパンと音が鳴り響くほど強く腰を打ちつけられて身体ごと揺さぶられ、互いに作用する悦びで中が卑しいほどの収縮を繰り返す。

「スゲェな。おまえ、もともとセックス大好物な淫乱体質のくせに、よく今まで我慢できたよな？　それにしても、今日の未央はマジでよく締まる」

辱めるような言葉に反応して、未央の雄茎も腹につくほど反っている。

だがイきそうになると意地悪く竿を握って阻止され、気が狂いそうでたまらずに懇願した。

「イ…イ、かせて。お願い…ぁあ…あ。お願いっ…」

「しょうがねぇな。とりあえず、一回な」

奥の前立腺《ぜんりつせん》ばかりを狙って突かれ、未央は細い指ですがるように男の肩に摑まった。

「っ……くっ……！」

ついに翔太が狭い後孔の中に熱い本流をぶちまけた瞬間、なぜか未央の脳裏には虎太郎の顔が浮かび…。

一気に罪の意識にさいなまれたが、それを打ち破るほどの快感で未央自身も達してしまった。

結局未央はセックスが終わった直後、もう用はないとばかりに翔太を玄関に追いやる。

「おい未央、そんな押すなって。じゃあ、またな」

しれっとそうあいさつする元カレに引導を渡す。

「もう会うことなんてないし。二度と来るな！」

これっぽっちも説得力のない強がりに聞こえただろう。

戸外に放り出された翔太は、扉がピシャリと閉まるのを見て肩をすくめた。

そして寂しげに笑う。

「おまえは終わりだって言うけど、俺はまだあきらめられない」

彼は重い足取りで去っていった。

その頃、虎太郎は一人、深夜の公園のベンチで怒りに耐えていた。

つい先ほど、残業すると連絡を入れた時、明らかに未央の様子がおかしくて…。

ゲスの勘ぐりかと思ったが、どうにも気になってしょうがない虎太郎は、残業を切りあげて急ぎ帰宅したのだが…。

合い鍵で家に入り、それから真っすぐに向かった居間で……見てしまった。

幸か不幸かふすまが少しだけ開いていた隙間から、未央が知らない男と不貞を働いている場面を。

いや、自分たちの関係がまだ明確になっていない以上、未央の行動を不貞と言うには及ばないのかもしれないが、虎太郎はどうにも納得できない。

本当に、背中が凍りつくようだった。

その光景が信じられなくて目をつぶったが、それでも未央の甘い声からは逃れられなくて、気づいたら家を飛び出していた。

そして今、子供の頃からなじみの近所の公園のベンチに座っている。

遅い時間だから、当然誰もいなかった。

「嘘だ。あんなの…信じない」

虎太郎は両手を握りしめて怒りに耐えていたが、胸の痛みはどんどん増していく。

「未央さん。信じられない…信じたくないよ……」

そして、酔った未央にキスした少し前の夜を振り返る。

あの時、未央が知らない男の名を不意に呼んだ気がして少しの疑念は抱いていたが、まさか真実だったなんて。

昼からは、湧きあがる怒りが形になって次々と落ちていく。

「ひどいよ！　あんまりだ。僕が…ずっと未央さんを忘れられなくて悩んでいた間に、あの人は僕以外の…よりによって男と関係していたなんて」

実際、会社をクビになったのは偶然だったが、マンションを解約する時、真っ先に思いついたのは世田谷の未央の家だった。

「冗談じゃない！」

同性を好きになってはいけないと、自分に言い聞かせたつらい日々。

「なんで男なんだよ。これじゃ指をくわえておあずけを食らっていた僕は、ただの道化じゃないか…」

引っ込み思案だった虎太郎にとって、気が強くて頼り甲斐のある未央は、いじめっ子を退治してくれるヒーローみたいな存在だった。

刷り込みだと言われれば否定できないが、成長するにつれ、未央は虎太郎にとって一番大事な存在になっていった。

それだけならよかったが、思春期を迎える頃になり、男友達が一様に女子に興味を持ち始めた時も、自分はなぜか一切の関心もなく。

可愛いとか美人だとか噂される女子を見ても、絶対に未央の方が可愛いと本気で思う始末だった。

虎太郎は中学で一気に背が伸び体格もよくなったが、実際に色気づくのは遅かった。

性的なことにも興味が薄く、最初に自慰に及んだのは中学三年の時。

近所の神社で催された夏祭りに行った時、はっぴの胸元がはだけている未央を見ていてムラムラして…それで抜いてしまい…。

その時、初めて虎太郎は気づいた。

自分が未央を、どういう対象として見ているのか。

正直それを知って愕然《がくぜん》としたが、おそらくは一時の気の迷いだと考えることにした。

だが実際、誰に告白されてもつきあう気になれなくて、やがて自分は男が好きなのかも…と疑ってみたが、未央以外の男に興味があるわけでもなく。

それからは恋愛感情を自覚している相手のそばに、幼なじみとして居続けるのはつらかった。

でもこれは思春期にかかる病みたいなもので、そのうち可愛い女子を好きになれると信じていたのだが…。

高校一年になっても、未央への想いは変わらず…。

いい加減、吹っきれた虎太郎は、我慢することなく気持ちを伝えようと決心した。

とはいえ、堂々と告白する勇気はなかなか出なくて、冗談交じりにしか言えず。

『未央さんって可愛いね』『未央さんが好きだよ』

軽口に紛らせての告白に対して、未央の答えはいつも同じ。

『なに馬鹿なこと言ってんだよ虎太郎』

気持ちを伝える以前に、本気だと信じてさえもらえなかった。

でも、伝え続ければいつか返事がもらえるかもしれないし、逆にそのうち女性を好きになる日が来るかもしれないと待ち続けたが、やはり変化は訪れなかった。

その後、高校二年の夏。

父親の転勤が決まるかもしれないと伝えられた時、ついに虎太郎は勇気を振り絞って想いを伝えることにした。

だが、結果は見事に玉砕。

幼なじみの友達関係は、恋愛になんて発展しない…と断言されてしまった。

そんなことはないと何度も否定したが、一切認めない頑固な未央にそれを証明したくて…。

虎太郎は、人としてやってはいけないことをしてしまった。

自分のことを、以前から好きだと言ってくれていた未央の妹、千鶴とつきあったのだ。

それは単に未央の考えを覆したかったからで、自暴自棄になった自分の暴挙だった。

その直後、虎太郎は逃げるように横浜の高校に転校した。

物理的な距離が開けば自然と未央を忘れられると望んでいたが難しく、何人かの女性ともつきあった。

でもいつも相手は外見が共通していて、友達からは、おまえの趣味は至極わかりやすいと言われる始末。

小柄で可愛い系で、気が強い姐御肌の年上女性。

要するに、未央と外見が似た可愛いビジュアルの女性を自然と求めてしまうらしい。

そんな女性を見つけては大学時代もそれなりに恋愛もしたが、最後にはいつもフラれる。

理由は毎回同じで…。

『虎太郎は、本当は私を好きじゃないのよ!』

なぜバレてしまうのか不明だが、女性の勘はすごいと思わざるを得なかった。

それと性交渉においても知識を得たいがため、たまに後ろを使いたがると、皆一様に拒絶反応を示す。

ならばいっそ男とつきあえばいいのだろうが、結局自分はゲイなわけではないらしく、男は未央以外には反応しないようだった。

それでも、忘れられないつらさから解放されたくて、思いきって経験豊富なネコ専の男性と一ヶ月だけつきあったこともある。

男同士の「いろは」は手取り足取り詳細に教えてもらって達者になったが、気持ちが動くことはなかった。

そんなふうに、自分なりに努力して未央のことを忘れようと頑張ってきたのに……。

ノーマルだと思っていた肝心の未央は、実は自分の知らないところで男とつきあっていたワケで。

必死で忘れようともがいていた自分の葛藤や努力はなんだったのか！

虎太郎は彼らしくなく、一つ大きな声を出して自分に活を入れる。

こうなったら、もう自分を抑えるなんて馬鹿らしいことはやめだ！

なにもかも欲しいままに能動的に、飢えた野獣みたいに本性剝《む》き出しに立ちまわってやる。

でも、悪いことばかりではなさそうだ。

「よく考えれば…昨年の末、最後の望みをかけて、未央さんの家に転がり込んで本当によかった」

でなければ、未央の秘められた真相を知ることは一生涯なかったのだから。

「よし決めた！　僕はもう我慢しない。これまでずっと耐えて抑えてきた欲望の全部を解放して、未央さんに思い知らせてやる。どれだけ僕が未央さんを好きなのか教えてやる！」

虎太郎の目の色が変わった。

それは、明らかにハンターの目つき。

「もう容赦しない。逆襲してやるからな！」

決意を口にすると、一気に気持ちが高ぶってきた。

「どうしても僕を受け入れられないって拒むなら、もう僕なしじゃいられないほど、身体からメロメロにさせてやる」

虎太郎はニヤリと口元を歪める。

「でも僕は馬鹿じゃない。恋愛には駆け引きが大事ってこともわかってるから、押すだけじゃなく、引くことも忘れない」

決意表明をした虎太郎だったが、その脳裏にさっきの映像がよみがえる。

「くそっ。未央さんは今もあの男に抱かれてるかもしれない…そんなの絶対に許せない」

虎太郎は膝を一つ叩いて、ベンチから立ちあがった。

ちょうどいい。

「僕が開発した試作品の実験検体を募るつもりだったけど、未央さんに協力してもらおう」

この前、彼が手伝うと約束したことを覚えている。

「絶対に、未央さんの身体を変えてみせる」

僕がいなくちゃ耐えられないような、エロい身体にしてあげる。

「ふふ…楽しみだな」

真面目な男を怒らせると怖いとは、よく言ったものだ。

スーツの襟を正すと、虎太郎は間男を叩き出してやると意気込んで家路についた。

突然やってきた元カレの翔太を追い返した未央が、急いでシャワーを浴びて身なりを整え終わった時、タイミングよく虎太郎が帰宅した。

「お…お帰り、残業大変だったな。晩メシは食べたんだっけ？　お腹、足りてなかったらなにか作るけど？」

未央は不自然なほど機嫌よく彼を出迎える。

「あ、なら少し食べたいな」

よく浮気をしたら相手に申し訳ないという罪の意識から、必要以上に優しくしてしまう傾向があるらしいが、まさにその心理が働いているようだ。

夕飯と入浴をすませたあと、虎太郎は襟を正して未央にお願い事をした。

「あの、未央さん。実は、開発中だった新商品の試作品が完成したんだけど、それを使ってデータを取りたいんだ。よかったら、協力してくれない？」

「え？　それって、俺なんかでもできることなのか？」

もちろん…と、温厚な笑みを見せる虎太郎に、未央も協力できるなら喜んでと了承する。

「なら、奥の客間を貸してもらえる？　あそこなら広いし畳だし、データも取りやすいいんで」

「あぁ、いいよ」

「よかった。じゃあ、僕は試作品を用意してくるから、客間で待ってて」

なんだか、やや大仰な雰囲気を感じた未央だったが、言われるまま二十畳の立派な客間で待っていた。

「お待たせしました」

恭しく入ってきた虎太郎は未央の前に正座すると、仕事用の大きめのリュックを開けてなにかを取り出す。

「これが…僕の作った試作品なんだけど、今から未央さんに検体になってもらってデータを取らせて欲しいんだ。いいよね?」

未央は息を呑む。

「え! あの…ちょっと待って。試作品って言ったよな? でもおまえ、これ…」

彼が手にしている淫猥な物体を見て、未央は二の句が継げなくなってしまう。

「試作品第一号の、大人用バイブレーターだよ」

それはいわゆる、棒状になったバイブレーターみたいだ。

ただ幸いなのは、それが男性器を象ったいかがわしくグロテスクな形状ではないこと。とてもシンプルな形状で、綺麗な色をしている。

だけど、信じられない。

確かに就職祝いをしてやったが、こんなものを作っている会社だとは聞いていなかった。

「おまえ、精密機械メーカーに再就職したんじゃなかったっけ?」

まぁよく考えれば、この商品だって精密にできた機械なのかもしれないが…。

改めて尋ねてみると、虎太郎はしれっと答えた。

「事業の一つで、大人のおもちゃも作っているんだよ」

「……マジか……」

完全に泡を食った未央だったが、虎太郎本人はいたって淡々としている。

彼が言うには、自分は根っからの技術屋だから、時計を設計するのも大人のおもちゃを設計するのも精巧な技術が必要で、どちらも面白いらしい。

「それにすごく給料がいいし特許も取れるから、ヒット商品が出たら副収入も夢じゃない。手っ取り早くお金もうけができるかもしれないからね」

「おまえ、なんでそんなに金が欲しいんだよ?」

「実は僕、いずれは起業したいんだ」

初耳だったが、確かに起業するには莫大な資金がいるだろう。

「起業って…どんな?」

その問いに虎太郎が熱く語ったのは、精密機器の会社を立ちあげ、検査医療分野に切り込んでいきたい…という野望だった。

立派な目標を聞けて少し安堵したし、虎太郎らしいとも思ったが…。

「未央さん、この前言ったよね？　実験を手伝ってくれるって」

確かに言った。

言ったが、こんな展開になるなんて予想外。

だって…検体って、要するにさ……そういうことだろ？

「ごめん…やっぱり無理だよ。だって…」

「心配しないで。これは女性用じゃなく、男性用商品の試作品だからね」

「いや、そこじゃなくて…俺、無理だよ……そんなん使われるの…」

どうやって断ろうか懸命に理由を考えていると、虎太郎は早急にトドメを刺した。

「無理だなんて嘘つきだな。未央さん、見たよ。さっき僕の知らない男と、居間でセックスしてたでしょ？　だからこれを使われるのが無理だなんてのは嘘」

……え…？　そんな…信じられない。

言われてみればさっき、確かにコトの最中に人の気配を感じた気がしたが、まさか虎太郎だったなんて！

「おまえ、見てたのかよ…」

絶体絶命の窮地に追い込まれたことよりも、自分が男と性交できることを虎太郎に知られた方がショックだった。

あまりの事態に頭が真っ白になって、フリーズしそうだ。

「ち、違うんだ。あいつは…」

「恋人？」

「…いや、そうじゃない」

「違うんだ？　へぇ、だったら未央さんは、恋人じゃない相手と平気でセックスできる人…ってことになるけど？」

「いや、違うって！　翔太とは…前は恋人だったけど、去年に…もう別れてるんだ」

今の虎太郎は、これまで見たことがないほどいらついているようだ。

「ふぅん。あの人、元カレだったんだ？　でも、ならどうして今さら？」

目の前の虎太郎が、今朝までの彼とは異なった雰囲気をまとっている。

なにか吹っきれたような、悪く言えば開き直ったような態度。

「あいつが…さっき、急にうちに来たんだよ。もう一回やり直したいって。でも俺は、その気はないってちゃんと断った。でも…」

「ちゃっかりセックスはしたんだ。なに？　久しぶりだったから、たまってたとか？」

「……っ……!」

情けないが、虎太郎の指摘は図星で否定できない。

「それにしても驚いたよ。未央さんが…ゲイだったなんてね?」

あまりにストレートな言い方で、未央はもう嘘はつけないことを知る。

「……違う…」

「嘘。未央さんはゲイなんでしょ? なにが違うんだよ!」

今まで冷静さを装っていた虎太郎だったが、真実を突きつけたことで怒りは尋常じゃないほどふくれあがったように見えた。

「それは…」

自分はゲイではないつもりだが、男と寝るきっかけや理由が虎太郎にあることを、当の本人に話すなんて、まだできそうになかった。

「もういいよ。それより、さっきの間男のことを聞かせて欲しいんだけど?」

「間男って……」

結局、下手な言い訳もできず、未央は翔太とのあれこれ…どれくらいつきあったのか、なんの仕事をしているのか、どんな性格なのか…など、すべて白状させられた。

その間、虎太郎の表情はどんどん険しくなっていき…。

「ダメだ。これ以上聞いていたら、冷静でいられそうもない…はらわたが煮えくり返るっていうのは、まさにこのことだ」

「ごめん、虎太郎…」

「ふぅ…なるほどね。そうだったんだ。いやぁ、でも未央さんがゲイで本当に助かった。これで別の検体を探す手間が省けたんだし。こんな近くに男で感じられる人がいたなんてある意味ラッキーだ」

彼らしくない態度だったが、未央には自分を好きだと言ってくれた虎太郎の怒りが理解できる。

それでも、自分だって虎太郎との関係で葛藤した結果、男と関係したんだという真相は、あえてここで口にしなかった。

どんな理由があるにせよ、彼を傷つけたことは間違いない。

だから、この実験協力は、償いなんだと考えることにした。

ただ、自分のことを検体と虎太郎が言いきったことで、未央は少しわからなくなる。

虎太郎が自分を好きだと言った言葉は、真実だったのか…。

哀しい…。

「さぁ未央さん、まずは服を脱いで。全部だよ」

未央は重苦しい息を吐いた。

虎太郎の要請で、大人のおもちゃの検体実験に協力させられたあと、彼は優しく未央を抱いてくれた。

体と心が繋がったような、そんな温かい気持ちで胸がいっぱいになった。

そして今は二人して、畳の上に転がって乱れた息を整えている。

なんだかお互い夢中になって、おかしいくらいだった。

一回目が終わって二回目のセックスの前、虎太郎も未央にせがまれて全裸になって交わった。

直に肌が触れ合うと、もっともっと愛おしさが増すような気がして嬉しかった。

「未央さん、僕…夢中になってごめん。痛くしなかった?」

「ううん…ぜんぜん。気持ちいいだけだった。でも虎太郎さ、意外とその…上手いんだな。それに、大きいし…」

「え？　そうかな…なんか照れる。でも、ありがとう。あの…未央さんは小さいね」

正直に言ったし間違っていないのに、結構な勢いで頭を叩かれる。

「失礼な奴だなおまえ！」

ひとしきり笑ったあと、二人は一緒にシャワーを浴びた。

それから脱衣所でパジャマに着替えて部屋に戻ろうとした時、虎太郎に尋ねられる。

「あの、未央さん。新しい試作品ができたら、また実験につきあってくれるかな?」

このタイミングで、意外な言葉を投げかけられた。

「え? 実験って、またやるのか? でも俺……」

どうしようか…。

正直、未央は迷う。

なぜなら、こんな恥ずかしい体験は初めてだったから。

でも……死ぬほど感じたのも事実で。

「約束したでしょう?」

「そうだけど、でも…」

戸惑っていると、虎太郎は新しい切り口で攻めてくる。

「じゃあ未央さんは、僕が別の検体を探してその人と実験してもいいんだね?」

「それはいやだ!」

頭で考える前に即答してしまったことに、未央自身が驚いた。

「…ふ〜ん、それはいやなんだ。じゃあ、なんでいやなの? 未央さんさ、気づいてないだけで、本当は僕のこと好きなんでしょ? 違う?」

「っ……それは……」

虎太郎の言うとおりだと、さっきまでは自分でも思っていた。

思っていたのだが…どうしても一つ、ひどく引っかかる問題があることに気づいてしまう。

「虎太郎を好きかどうかなんて…まだわかんないよ。でも、おまえが他の誰かとやるのは、なんかいやだ」

「だったら、やっぱり未央さんが、ちゃんと実験に協力してくれないと」

確かに、虎太郎とのセックスは癖になるほど強烈に気持ちよかった。

また何度でも抱いて欲しいと思うほどには。

それに正直、大人のおもちゃも最初は怖かったけれど気持ちいいだけだったし、変態っぽいセックスも悪くなかった。

「僕が作った大人のおもちゃ、やっぱりダメだった？　もう協力したくない？」

ダメなんてとんでもないって思う俺も、もしかして変態ってことなのかな。

だとしたら、ちょっと凹むけど…。

「わかったよ。なら…また実験させてやる。でも、俺にちゃんと感謝しろよな」

虎太郎にまた抱いてもらえるなら、別に検体にされてもいい。

そう思う気持ちと、今生まれたばかりの小さな疑惑が、胸の中で共存を始めたようだ。

「よかった！　じゃあ、またお願いするよ」

「…うん。なぁ虎太郎、話が終わったんなら、そろそろ寝よう。俺、疲れたみたい」

未央の疲労は相当なもので、一刻も早く眠りにつきたい。

だが、虎太郎からは意外な反応が返った。

「あぁごめん。僕、客間に戻ってさっきのデータを検証して保存してから寝るよ。貴重で大事な研究材料だからね」

「ふぅん。あれって…そんなに大事なのか？」

「そりゃそうだよ。実験中に思い知ったんだけど、未央さんほど素晴らしい検体は他には絶対いない。最高のデータが取れる理想の検体だから重宝するよ」

興奮気味の虎太郎に対し、未央は検体という言葉が異常に引っかかって仕方ない。

「そっか。おまえはやっぱり仕事熱心だな。わかったよ」

少し寂しそうな顔をしたからなのか、背中を向けた未央を虎太郎が呼び止めた。

「あの…未央さん、順番が逆になったけど、もう一度はっきり伝えておくよ。僕、未央さんが好きなんだ。高校生の時に何度も言ったと思うけど、今も変わらず好きなんだ。だから僕のこと、今度こそちゃんと考えて欲しい」

心がざわついている今、本当にこのタイミングでもう一度、告白をされるなんて…。

「実は…前にバスケをテレビで一緒に観た夜、未央さんが酔ってる時にも僕は告白したんだけど。でもあなたは翌日も態度が変わらなかったから、覚えてないのかと思ってたけど…本当は覚えてた？」

「あ、いや…酒のせいでちょっと記憶があいまいだったから、夢だったのかなって思ってた」

それを聞いて、虎太郎は肩を落とす。

「だと思ってた。別にいいよ、急がないから。でも…僕も馬鹿じゃないから、前と同じやり方でアプローチはしない。未央さんのこと、たくさん抱いてセックスに溺れさせて、身体からメロメロにしてやるつもりだから覚悟して。それで僕のことを好きになればいいんだ」

虎太郎の発した意思の強い言葉は、まるで宣戦布告みたいに聞こえた。

身体からメロメロ…というセリフに、心臓が高鳴って腰が疼くのを感じ、未央は喉を鳴らす。

「虎太郎…」

「だからさ、それまで返事は待つことにする」

「うん。ごめんな、ありがとう…」

これ以上、虎太郎の逞しい肉体を見ていられず、未央はゆっくり背を向けて脱衣所を出ていった。


そして部屋で一人になったあと、ようやく冷静になって今夜の一部始終を思い返す。

虎太郎は実験の前もあとも、自分のことを何度も検体と呼んでいた。

「検体っていやな言葉だな。でも、そうなのかな？　俺って、虎太郎にとっては、研究の実験データを得るための、ただの検体に過ぎないってこと？」

その言葉は未央の胸の底に、少しずつ少しずつ静かに沈んで、たまっていく。

「だって、好きな相手と初めてセックスした夜なんて、普通は一緒に寝たいよな？　なのにあいつは…俺を一人にして実験データをまとめに行くなんて」

もしかして、虎太郎が好きだなんて言うのは、俺を逃がすことなく検体に留《とど》まらせておくためなんじゃないのか？

「はぁ…わかんないよ」

自分は彼にとって実験体なのかもしれない…という自虐的な気持ちと、彼の告白を信じたい気持ちが胸の中でせめぎ合っている。

唯一確証があるのは、どれだけ自分が虎太郎を好きになっているのか…ということだ。

「今度虎太郎に告白されたら、ちゃんと自分も好きだって答えるつもりだったのに…」

いったんは虎太郎を好きだと認めようとした心が、また静かに閉ざしていく。

前に進めなくなって、かと言って、あとにも引けなくて…。

でも、やっぱり相手を信じる気持ちを大切にしたかった。

「いや。そんなことないよ。だって、初詣の時もあいつ、ずっと幸せに暮らしたいって言ったんだから、虎太郎は本当に俺が好きなんだよ…たぶん…」

基本は楽天的な未央だったが、襲いくるマイナス思考を振り払うため、何度も頭《かぶり》を振った。

客間に戻った虎太郎は、行為の一部始終を撮影した動画を再生しながら、新商品の検証を始める。

「はぁ…それにしても、未央さんは本当にやらしい表情をするよ。正直僕は、この動画で何回でも抜ける気がする」

さっきは未央相手に「メロメロにしてやる！」などと大口を叩いたが、実は虎太郎はもう決めていた。

この先しばらくは、未央を抱かないということ。

今回の新商品検証という名の実験は、最後のセックスこそ予定外だったが、未央にとってはかなり刺激的だったはず。

今後も実験を継続させてと求めておきながら、もし自分が一切手を出さなければ、未央はどう思うだろう？

ふふふ…と、虎太郎は意味深に微笑む。

「ねぇ未央さん、あなたは、もっともっと僕に夢中にならなければいけない。そして今度は、あなたから僕を欲しがって、抱いてくれと乞《こ》わせてみたい」

泣きながら許して…と懇願する未央の画像を眺めながら、虎太郎の眼光は鋭くなる。

「だから、しばらくは放置して焦《じ》らしてあげる。僕が欲しいと…あなたから言ってくれるまでね」

【4】


木々の青葉が美しい六月。

二人が初めて身体を重ねた日から、約二ヶ月が経っていた。

再就職を果たしたあと、充実した様子で活き活き仕事をしている虎太郎だったが、それに対して未央は釈然としない感情を持て余していた。

試作品の検体として一度は実験に協力させられた未央だったが、最後には虎太郎自身に抱かれたことで、『好き』という気持ちがより強くなった。

それに、あまりに強烈な快感を強いられた肉体は、今も検体にされた経験を忘れられないでいる。

虎太郎からあの夜、もう一度好きだと告白され、身体からメロメロにしてやるとまで宣言されたのに…。

「はぁ…」

お気に入りの縁側に座った未央は、まだ暮れたばかりの茜色《あかね》の空を見あげた。

最近は、ため息ばかりが漏れる。

実はあれ以降、彼と一回もセックスをしていなかった。

次の試作品実験のお願いもこないし、虎太郎自身が未央を求めてくることもない。

なんだか本当に腑《ふ》に落ちない。

あれほど熱く未央への恋心を語っていたくせに…二ヶ月も完全放置状態なんて、いったい何事なのか！

だからといって、未央の方から抱いて欲しいなんてことは絶対に言えなかった。

理由は簡単で、虎太郎の『好き』という想いにまだ応えていないからだ。

正直に言えば彼とのセックスは快《よ》すぎて、思い出したら身体の芯《しん》が疼いて何度も一人で抜いてしまうほどだった。

「本当に…虎太郎は、なんで俺を抱かないんだろう？」

こうなってくると、自分の立場は虎太郎にとって単なる検体でしかないのでは？　という、最近未央をむしばんでいる疑惑が、いっそう真実味を帯びてくる。

「好きだったら、実験とか関係なしに欲しい…抱きたい…って、普通は思うはずなのに」

でも、虎太郎が未央を検体としか思っていなければ、試作品が仕あがってもいないのに単にセックスをするなんて無意味だろう。

ってことは、やっぱり俺は検体なだけ？

「いや…そうじゃないのかも。もしかしたら、俺と初めてセックスして…幻滅したとか?」

それはないと信じたいけれど…。

「あ~もう! なんであれ以来、なんにもしてこないんだよ、馬鹿虎太郎」

愚痴ばかりが、次々と口からこぼれて音になってしまう。

最近の未央はイライラが募っているせいで、虎太郎にもキツくあたってしまうことが増えた。

相手に罪はないとわかっているが、釈然としない気持ちはどうしようもなくて…。

そろそろ未央のイライラが、限界に達する時期にきているようだった。

「はぁ…こんな自分は、なんかいやだな…」

その時、玄関の引き戸が開く音がした。

どうやら虎太郎が仕事から帰宅したようだ。

「ただいま未央さん」

縁側にいる未央を見つけると、相変わらずご機嫌な顔で懐いてくる態度が気に障った。

「気安く触んなよ」

肩に抱きついてくる手を払いのけてしまって、ハッとする。

「ごめん…」

「どうしたの? なんだか機嫌悪い?」

「……そんなことない。気のせいだって」

「ならよかった。で、今夜の晩ごはんはなに？」

あっさり身を引いた虎太郎は、スーツのジャケットを脱いだ。

「うわ！　どうしよう…ごめん。ちょっと考え事してたら、晩ごはんを作るの忘れてた」

いくらイライラしていたからといって、頑張って仕事をしてきた虎太郎の夕飯を作り忘れるなんて信じられない失態だ。

「ホントごめん虎太郎。今すぐ買い物に行ってくるから」

未央はエコバッグを摑むと、あわてて家を飛び出していった。


健康に気を使っている未央は広い庭で野菜作りもしていて、食材を買うスーパーは決まってオーガニック食品だけを多く扱う小さな店だった。

すでに閉店の十分前で、裏通りの袋小路にある薄暗いスーパーの駐輪場には、もう誰もいない。

未央が自転車を停《と》めていた時、一台の車が横に止まって誰かが降りてきた。

「未央」

自転車の鍵をかけてから振り向くと、そこにいたのは…なんと元カレだった。

「え？　…翔太？　…またかよ。おまえ……今度はなに？　どうしたんだよ」

「なぁ、あれから何度も考えて気づいたけど、未央は単にすねてるだけなんだろ？　俺とのこと、もう一度考え直してくれよ」

「ごめん。前も言ったはずだけど、もう無理なんだよ」

「そんな怖い顔すんなって。おまえの本心ならもうわかってる。俺が悪かったからさ、頼むよ。やっぱ俺…どうしても未央がいいんだよ。おまえも同じなんだろ？」

今日の翔太はどこか雰囲気が切羽詰まって、危険な匂いがした。

「だから、おまえとはもう終わったんだって。何回言わせるんだよ」

相手を無視して行こうとしたら、手首を摑んで引き寄せられる。

その力加減が尋常じゃなくて、未央は少し怖くなった。

目の前にいるのは、いつもの翔太ではない気がしたからだ。

「想像してみろよ、未央」

「な…にを、だよ？」

「俺たち二人の、幸福な未来のことさ」

本当に唐突な話で、陶酔したように語る彼がなにを言いたいのかわからない。

「俺は陽《ひ》のあたるアトリエで、毎日油絵を描くんだ…そしてそばにはいつも未央がいて、俺のためにメシを作ってくれる」

翔太の語る独りよがりな幻想を聞いた時、未央の脳裏には、ふとある情景が無意識に浮かんだ。

それは、未央が暮らしている今の家で、恋人と一緒に過ごすにぎやかで充実した毎日。

時々はショッピングに出かけて、春と秋には旅行に行きたい。

花の咲く庭には日本犬がいて、たまに施設からじいちゃんが帰ってくる。

そして、みんなで一緒に家庭菜園を楽しんでいる。

……いつか、そんなふうに暮らしていけたら最高に幸せだろうな。

「未央…おい、未央？」

スコップを持って苗を植える自分の姿。

そして、未央が振り向いた時、その視線の先にいるのは、優しい笑顔の虎太郎で…。

どこか遠くを見て思いにふける未央の肩を、翔太は強く揺すった。

「おい、未央！　おまえ、なに考えてんだよ？」

無意識に思い描いた未来予想図は、それこそが未央の真実の望みを形にしている。

「あぁ、そうか。俺…やっぱり虎太郎のことを、相当好きなんだな…」

自分が誰を必要としているのかを、未央は再確認する。

「ごめん翔太。本当にごめんな。もう俺の中では全部が終わったことなんだ」

きっぱり断ったとたん、本当に唐突に翔太に抱きすくめられ、息が止まった。

「そんな寂しいこと言うなよ未央。もう嘘なんかつくなって！　いいか、別れるなんて俺は絶対認めない。なぁ、頼むから考え直してくれよ」

「無理だよ。いやだっ」

「未央、あぁそうだ…ここじゃゆっくり話もできないから場所を移そう。な、俺と一緒に来いよ」

腕を摑んで引っぱられ、道路脇に停められたセダンのドアを開けて中に押し込まれる。

抵抗すると頰を叩かれて、めまいに襲われた。

「未央、いいか。おまえを監禁してでも、気持ちを変えてもらうから」

信じられなかった。

今まで、翔太はこんな乱暴なことをする奴じゃなかったのに。

そのことがショックで、身体が動かない。

「…翔太。おまえ、どうしちゃったんだよ？」

今まさに未央は男に拉致されようとしているが、遅い時間の裏通りには誰もいない。

まさに万事休す。

ドアが閉められ、どこに連れていかれるのかと恐怖を感じた時、車の外から聞き慣れた声がした。

「ちょっと、なにやってるんですか！」

え？　この声……まさか、虎太郎？　虎太郎なのかっ…？

ここにいるはずもない幼なじみの声が車外から聞こえてきて、絶望していた未央は我に返った。

虎太郎は運転席に乗り込んだ翔太を腕ずくで外に引っぱり出し、対峙《たいじ》して睨み合う。

「おまえこそ誰だ！　俺の邪魔をすんじゃねぇ！」

「言っておきますが、あなたのしているこの行為は、れっきとした犯罪ですから」

きっぱりと断言され、怒りに侵食された翔太は相手に向かって殴りかかっていく。

だが虎太郎はひらりと身軽に攻撃をかわすと、逆に右腕から鋭い一発を繰り出した。

「うぁぁっ」

拳《こぶし》が顎にヒットし、鈍い音とともに翔太は背後に倒れ込む。

「え…嘘？」

虎太郎がこんなに強かったなんて、未央は知らなかった。

「いいですか、二度と未央さんに近づかないでください。今度こんなことをしたら、ただじゃおかない！」

未央は唖然として車外の光景を目に映していたが、すぐにドアが外から開き、虎太郎に手を引かれて外に引っぱり出された。

まだ地面にうずくまる男が痛々しくて、たまらずに声をかける。

「翔太…なぁ、大丈夫か?」

彼がこちらを見た瞬間にわかったが、翔太の顔はいつもの表情に戻っている。

「未央。悪かった…俺。毎日、マジで寂しくて、どうかしてたみたいだ…本当に悪かった」

「もういいよ。でも、本当にこれで終わりにして…」

「っ…わかった。俺は今度こそ目が覚めた…おまえのこと、あきらめる努力をするから…」

やがて走り去るセダンのテールランプが見えなくなると、未央は地面に座り込んでしまった。

「ちょ、未央さん! 大丈夫?」

「うん…車に押し込まれた時はすごく怖かった。でも虎太郎が来てくれてよかったよ。なぁ、なんでここに虎太郎がいるんだ? それに、こんなに強かったっけ?」

翔太を一発で伸しちまうなんて、信じられない。

「もしかして、俺の知らない間に空手かボクシングでも習ってた?」

「まさか? そんな怖い習い事を僕がするわけないでしょう? 正直言うと、さっきは、その…僕自身も驚いたんだ。人を殴ったのは初めてだったからね」

「あ~。なんかホッとしたら力が抜けたよ。でも虎太郎は、なんで俺がピンチになってること、わかったんだ?」

突然ヒーローみたいに助けに現れた虎太郎は、あぁ…と、笑ってポケットに手を突っ込む。

「これだよ。ほら」

彼の手の中にあるのは、未央の長財布。

「うわ！　マジか……ダセぇ」

「未央さんが財布を忘れていったから追いかけてきたんだ。ふふ、なんかサザ恵《え》さんみたいだろ？」

幸運な偶然が重なったことに、二人して肩を叩き合って笑った。

「でも、ありがとな虎太郎」

なんだか妙に頼もしく見える今夜の幼なじみの身体を引き寄せると、未央は背伸びをして頬にお礼のキスをした。


買った食材を自転車の前籠に積み、二人で並んで歩きながら未央は考えていた。

虎太郎は本当に優しいいし、こんなに自分を気にかけてくれていることが嬉しい。

俺、やっぱり虎太郎のことが好きなんだ。

だから、もういろいろ悩むのはやめよう。

帰って二人でごはんを食べたら、今度こそ俺からきちんと虎太郎に返事をしよう。

「なぁ、虎太郎…」

「ん？　なに？」

「……いや、なんでもないよ」

苦笑いを返すと、虎太郎はへにゃっと笑う。

「変な未央さん。でもやっぱり笑顔がすごく可愛いよ」

なんだかこうして歩いていると、高校時代に戻ったみたいだ。

「可愛い言うな馬鹿」

「ふふ。可愛い」

鼻歌を歌って上機嫌な虎太郎の腕に、未央はそっと寄り添った。


その夜のこと。

風呂と夕飯を食べ終えたあと、未央が話を切り出す前に虎太郎が先に口を開いた。

「あの…僕は未央さんに、お礼をしなきゃいけないんだ」

「え？　お礼？　って、なに？」

「実は、前の試作品。ほら…ニップルリングとキャップのセット商品。実はすごく売れてるんだ。だから給料もあがることになったし特許料も結構入ってくる」

どうやらヒット商品が出たお陰で、虎太郎の懐は急激に潤うことになるらしい。

だがタイミング悪く試作品の話題が出たせいで、自分が検体であることをまた思い出してしまった未央は、さっきまでの甘い気分が一気に吹き飛んだのを感じていた。

それに、好きだと言われていい気になっていても、依然として虎太郎が自分を求めてこない事実は残っている。

虎太郎は自分を好きだと言うくせに、もう二ヶ月も求めてこない。

ずっとずっと、わざと焦らされているような気がしていた。

そんなあれこれを思い出すとイライラが復活して、気分が一気に下降していく。

「へぇ。ふ〜ん…そっか。商品が売れてよかったじゃん」

矛盾する虎太郎の言葉と行動が解せなくて、未央はわざと興味なさげな返事をした。

「虎太郎さぁ、給料があがって金持ちになっても、まだうちにいるつもりなのか?」

本当はずっといて欲しいけれど、今の虎太郎がわからない。

「あ〜、そうだね。もし迷惑なら出ていくことも考えるけど、未央さんはどう思ってる?」

質問に質問で返されて、未央はツンと唇を突き出した。

自分を抱こうとしない彼に対して怒りを覚えるなんて、かなり理不尽だとわかってるけれど…。

「できれば。ここに…ずっといちゃダメかな?」

正直、今では二人での暮らしが日常になってしまい、今さら一人になるなんて考えたくもない。

「…ダメじゃないけど…虎太郎にお金があるなら、別に一緒に住まなくてもいいし」

今後も一緒に住むとして、虎太郎がまったく自分を求めないのだとしたら…なんとも複雑な心境だ。

ますます欲求不満になるに違いない。

すでに未央は、検体としてでもいいから、とにかく抱いて欲しいと思うほど、飢えを感じている始末。

もしかしたら虎太郎には外に恋人がいて、その誰かを抱いているのでは？

そんなふうに勘ぐると、自分の勝手な想像でしかないのに嫉妬心まで湧いてくる。

「あぁ、わかった。もしかして未央さん、他に恋人ができたから、僕がこの家にいたら邪魔だってこと？」

はぁ？　自分がこんなに悩んでいるのに、虎太郎はあり得ない想像をして逆に嫉妬してくる。

「なに言ってんだよ！　そんな相手、いるわけないだろう？」

嫉妬するのは、こっちだっての！

もうわかったよ。どうせ俺はおまえにとって、ただの実験用の検体なんだろう？

「それ本当かな？　でも、今恋人がいないなら別にいいだろう？　僕がここにいても」

初めてセックスした直後、これからも実験をさせて欲しいと懇願したくせに、今はキスさえしない虎太郎。

いったいどうなってるんだ？

こんなふうに、憶測ばっかで悩んでちゃわからないよ。

気になって仕方ない未央は、もう訊かずにはいられなかった。

「なぁ虎太郎、最近はその。大人のさ…アレ。その……おもちゃのさ、試作品って…作ってないのか？」

言葉に詰まりながら訊いた時、なぜか虎太郎は目を丸くして息を呑み、その直後にうしろを向いてガッツポーズをしたように見えた。

は？　なに？　いったいどうしたんだ？

「虎太郎！　おまえ、ふざけるなって。俺の話、真面目に聞いてんのか？」

「あ～いや、もちろん聞いてる聞いてる！」

急にニヤニヤし出した気持ち悪い虎太郎を、斜めに睨んでやる。

「試作品ならちゃんと作ってるし、今も鞄に入ってるけど？　未央さん、またデータを取らせてもらっていいの？」

……え？　っと、今？

「今から…ってこと？」

「もちろん」

「そ、それは…」

予想外の急展開。

だから、まったく心の準備ができていなくて及び腰になる。

「未央さんさぁ、もしかして、僕にまた実験…して欲しかった？」

表情筋ゆるみっぱなしで訊かれると、否定しようにも図星だと顔に出てしまった。

それでも、プライドにかけて「そうだ」とは安易に肯定したくない。

「ち、違うよ別に。ただ、前に協力する約束したから、だからその…気になってただけだ」

「ふふ。実は未央さん、ずっと僕のこと、欲しかったんだ？」

決めつけられた未央は、妙な手振りを交えながら、しどろもどろに言い訳を繰り返す。

「だ、だからっ。そういうんじゃなくて。だっておまえ…おまえがさぁ…言わせてもらうけど！」

ぐだぐだ意味不明な文句を垂れ流し続ける未央に背を向け、虎太郎は肩を揺らしてほくそ笑んだ。

振り返った虎太郎はゆるんだ頬を整え、まだ言い訳を続ける未央の肩を摑む。

「ちょうどいいタイミングだ。実は昨日、新しいおもちゃの試作品が完成したところなんだよ。だから…僕の検体一号に、今から実験データを取らせてもらうことにする」

「…」

ゴクリと喉が鳴る。

「あれ？　未央さん、なんだよ。いやそうな顔だね。あ、言い忘れてたけど、検体にはちゃんと報酬を払うつもりだから。それが一般的らしいし、この前の分も一緒に支払うからね」

男としての未央の沽券《こけん》を重視するため、虎太郎は上手く男心に配慮してくる。

セックスしたいとか抱いて欲しいとかを素直に言えないのが未央の性格なら、その理由を作ればいいと思案した結果だ。

「…なんか、ちょっとヤダなそれ。お金に釣られてるみたいだし。でも…まぁ、協力するって最初に約束したんだし…いいよ」

もういい。自分が検体であろうがなかろうが、騙されてようがかまわない。

身体が疼いて仕方ないんだ。

だから虎太郎に、壊れるくらいめちゃくちゃに抱いて欲しい。我慢の限界だから。

「よかった。あぁ、もちろん最後には未央さんを気持ちよくさせてあげるつもりだし。それならいいだろう？」

誘い文句に、クラリとめまいがして腰が疼いた。

「だって未央さん…僕のこれが、好きでしょう？」

確かに虎太郎のアレは大きくて、ヘタレのくせに意外と絶倫だし相性もいい。

「わかった。いいよ…また検体になる。別にさ、遠慮しなくても虎太郎の好きな時に何度でも実験してくれていいんだからな」

なかなか素直になれない未央は、それだけ言うのが精いっぱいだった。

「ありがとう。でも僕、未央さんにいっぱい、やらしいことするけど…いいの？　いやがってもやめないよ」

「いいよ。して、好きにして」

「なら言ってくれないと。ちゃんと誓ってもらうよ。で、それを録音するから」

虎太郎はメモを書いて渡してくる。それを見て絶句した。

「これ、マジで言うのか？」

「もちろん」

仕方なく、未央は頬を染めながら宣誓を始める。

「僕は、検体一号です。これから僕の乳首も…孔も、アレも……全部をグチョグチョにされる実験を…悦んで、受け入れます」

言っているうちに腰が疼き出して、たまらなかった。

「ふふ。もう宣誓したんだから、途中でいやって言っても無駄だから。はぁ、嬉しいな。未央さんを僕の好みに調教できる日が本当に来るなんて」

「は？　調…、えっと、おまえ今、なんて言ったの？」

また気になる発言。

「あ〜いや、聞き流してよ。実験だよ実験。なら今夜はまた、新商品のデータ取らせてもらうから」


広い客間の天井を貫く立派な梁《はり》。

そこから下ろされた鎖に、ほぼ全裸で手錠をかけられた未央が吊《つ》られている。

足のつま先だけが畳に届く高さに絶妙に調整されていて、常に足に多少の踏んばりが必要な状態だった。

「ぁ、ぁ…虎太郎。恥ずかしいよ…こんなの…」

未央の股間には、紐《ひも》状のTバックパンツだけがはかされていた。

それは少し厚みがあって、中はやわらかなアメーバ状の素材で少し温かい。

後孔の窄《すぼ》まった口には、ピンポイントで硬い素材の先端部分があたっていて違和感があった。

おそらく内側のアメーバ素材も、尻の孔にあたっている硬い突起も、動く気がする。

「なぁ虎太郎、どうしてこんな。その…」

「吊るのかって?」

未央は目を合わせるのも恥ずかしくて、下を向いたままうなずいた。

「検証なんだ。前回のように寝転んだ状態で拘束されている時と吊られた時。道具を使ってどんな違いがあるのかを知りたいんだ。だから今日は吊らせてね」

笑顔で優しげにお願いするけれど、やっていることはエゲツナイと未央は唇を噛んだ。

手首の革ベルトやパンツ、突起には、きっと体温を測ったり収縮を読み取る装置がついているのだろう。

そしてそれらは無線で送られ、虎太郎のパソコンでデータ化されていく。

検体なのだからそれは当然の義務だとわかっているが、裸同然で吊られている状態は死にたいくらい恥ずかしい。

それでも、自分が想像以上に興奮していることも間違いなかった。

要するに、今から行われるであろう実験に対し、期待で胸がいっぱいになっているのも事実で…。

だが間違ってもそんな本心を、虎太郎にだけは知られたくないが。

俺、やっぱり変態に変えられちゃったのかな…。

そんな独白を胸の中だけでひっそりこぼした。

「じゃあ、ちょっと動かすよ」

虎太郎が手にしたリモコンスイッチを入れると、パンツの股下部分、玉のあたりの布がゆっくりと収縮を始めて袋を包まれるような感覚があった。

「え？　なに？　これ…ぁ」

そのあと、アメーバ状の裏地が波打つように伸縮して袋を揉み始める。

「ぁあ！　ん…はぁ。これ…ちょ、動いてる動いてる。やっ、だ…ぁあっ…」

未知の感覚だった。

生き物みたいに蠢くパンツの裏地は、袋のやわらかい襞を伸ばすように不規則に動き、そうすると中の睾丸《こうがん》がそろりと上下左右に転がされていく。

ゾクゾクとした甘い快感が陰茎にも伝わって、血液が集まり出すのが自分でもわかってしまう。

「揉まれる感じが癖にならない？　さぁ、今度はうしろの孔もだよ」

「え？　ぁっ。嘘っ…っ」

「未央さんには見えていないけど、下のお口にあたっているのは、チューリップの蕾を模倣した形状の五センチほどの突起物なんだ」

パンツの裏地に装着されたそれが細かく振動し始めると、徐々に中に埋まっていく。

「チュ、チューリップって？　あ！　入って…くる…ぁ、ああぅ…ん、ぅふ…やぁっ…ぁ」

埋まりきった蕾は浅い箇所の敏感な肉襞を、緻密に計算されたバイブレーションで刺激した。

「いや…ぁあ、ブルブルって…中、ダメ！　ぁ、また…動いて…やだ…ぁあ。っぁ」

しばし未央をいじめて泣かせたあと、

「このチューリップはね、実は花びらを広げてちゃんと咲くんだよ。もちろんあなたの中でね。さぞかし綺麗だろうからのぞいてみたいなぁ」

今度は花弁が振動しながらゆっくりと、だが空気を含むように容赦なくふくらんでいく。

そうなると、孔が内部から徐々に広げられていくのがわかった。

「え？　嘘…あぁっ…だめ…中。開かれて、くよぉ…恥ずかしっ…ぁぁ。ダメ」

「この商品の用途を説明すると、これは挿入前に後孔をバイブレーションでやわらかく広げておくのが目的なんだ。指でほぐしたりせず優しく結合部をほぐしてくれるから、初心者でも気軽にアナルセックスできる。どう？　気持ちいいでしょう？　使われてみて、実際どんな感じか言ってみて」

「ひ…ぁぁ、お願い。やだっ…すごい…広がって…あぁぁ」

恥ずかしいのと喘いでしまうのとで感想が言葉にできなくて、未央は首を振って拒絶する。

「なに言ってるんだよ。未央さんは検体一号なんでしょう？　早く言って」

「は、恥ずかしいよ……数値で、わかる…だろっ、ぁん……はぁぁっ」

確かにジンとする振動が入り口から媚肉《びにく》を伝って奥の奥、そして揉まれ続けている袋や陰茎にも伝わって死ぬほど気持ちいい。

快感を証明するように、雄茎は勃起して腹筋が細かく波打っている。

それでも、強引に孔の中を広げられていく違和感はぬぐえなかった。

「ちゃんと言って。カメラまわってるんだから。大事なことなんだ」

存在を忘れようとしていたが、虎太郎が言うように撮影されていることは事実で、否応なく羞恥があふれてくる。

裸同然で吊られ、チューリップバイブに孔を広げられて喘ぐ痴態のすべてを、数台のカメラで余すことなく撮られていた。

「恥ずかしい？」

「は…恥ずかしいよ…ああ…俺の中…そんな、いっぱいまで…広げないで。ぅう、ふ…ぁん、あぁ…ぅん」

「いやなの？　気持ち悪いだけ？」

今度は心配そうに訊かれて、未央が少し考える。

「気持ち…悪くは、ない…よ。痛くもないし…はぁ！　ぁっ…ぅ、だから、よけい恥ずかしいし…ただ、少し…はぅっ…ぁん、怖いだけ…ぅん」

正直に言葉にすると、虎太郎は安堵したように優しい目を向ける。

「気持ちいいならよかった。未央さん、じゃあ引き続きデータを取らせてもらうから。でもその顔、最高にいい。恥ずかしいのに感じてしまって、我慢しても気持ちいいのが顔に出てるのが、たまらなく可愛い」

本来、検体に触れてはいけないのかもしれないが、虎太郎は未央の不安を払拭するように優しく頬を撫でてくる。

「約束する、怖いことはしない。気持ちいいことだけだよ。ね、今…どんな感じ?」

こんなふうに優しくされると怖さも薄れて楽になり、未央は必死で甘い喘ぎ声を説明に変える。

「ぅ…ふ。広がってる…中。ゆっくり…それから、バイブレーションがすごく、腹の奥まで響いてきて、気持ち…いい、ぅ。あと…前…も、揉まれて…感じるよ…あぁ…ぁ。いい」

感じやすい袋を絶妙な力加減で揉まれる動きと、チューリップバイブの動きが連動しているから、際限なく勃起が進んでいく。

「いい子だね未央さん。本当…一気に前がふくらんできた。気持ちいいんだ」

感じている。感じすぎて怖いくらい気持ちいい。

袋とペニスを揉まれて快感を得ると、当然のように後孔の口が蠢いて、パクパク開いたり閉じたりを繰り返した。

特に襞がぎゅっと締まった時に、より強くバイブレーションを感じてたまらなかった。

「あぁう…ん」

ビクンと肢体が跳ね、ジャラジャラと硬質な音を鳴らす鎖で吊られた肢体が、淫猥に揺れ乱れる。

手首にはめられている手錠はゴム素材だから伸縮性があり、痛みはまったくなかった。

「中はどう？　チューリップの花弁が中で開閉してる感じがわかる？　ゆるんできた？」

「それは…わからないよ…だって、あぁ…ん、見え、ないもん！」

「なら、Tバックパンツをずらして僕が見てあげるよ」

「やだ。だめ…見ないで。それはいや。ゆるんでる。わかるんだ。俺の中、やわらかくなってきてる…からぁ。ぁん、あ、だめ、そんなに、スイッチ…強く…ないで…あぁぁ…ぃぃ」

「いいって言ってるし。ふふ…やらしい未央さん、よだれも出てる。本当に絶品の身体だ」

蕾型の突起バイブは、振動しながら窄んでまた開くのを延々と繰り返している。

「あぁっ…ぅんんっ。ずっと動いて…る。チューリップ…開いたり、閉じたり…、ずっと…してるっ…よ。ぁ…ぅん…ふ」

「いいみたいだね。PCの感度グラフにも、未央さんがすごく感じてるって波形に表れてるよ」

自分の試作品の効果に満足した虎太郎は、さてと…と言いながら、また別のおもちゃを手に取る。

「じゃ、次に進もうか。今度の試作品は、ニップルエンドって商品名なんだ」

乳白色の洒落た見た目のため、一見すると髪留めにも見える。

わかりやすく形容するなら、可愛いらしい洗濯バサミなのだが。

「え？　なに、それ…やだ！　やだよ。だってそれ、クリップみたいで…ぇ？　…まさかそれ…」

挟む力の強さを指で確かめてから、彼は笑みを浮かべてそれを胸元に近づけてくる。

「やっ！　ヤダよ。そんなの…乳首、に…挟むなんて。痛いよぉ」

「大丈夫。すごく優しい力だし、内側はふわふわのアメーバ状になってるんだ」

「それでもヤダっ、怖いよ…」

虎太郎は同情するかのように一度は肩をすくめてみせたが、やっぱりニップルエンドをパクッと開いてから、やんわりと乳首に嚙ませてしまった。

「ひ…ひぃぃぃぃ！　ぁふ！　…ぁぁぁぁぅっ」

まだやわらかい乳首の肉が、卑猥な大人のおもちゃの餌食になって、ひしゃげてしまう。

痛みではなく恐怖心から悲鳴をあげてしまった未央だったが、ふと我に返るとほとんど痛みを感じないことに気づいて安堵した。

「どう？　ね、痛くないし、大丈夫でしょう？」

「う…ん。た…たぶん」

だが、それは絶妙に計算された強度で乳首を食《は》んでいて、挟まれるだけで驚くほど感じてしまった。

「まぁでも、未央さんが感じて乳首を硬くしたらもう少し痛いかも。だから硬くしない方が賢明ってことだよ」

他人事のように無慈悲なことを言う虎太郎に、未央は唖然とする。

「え？　なに。そんな…乳首…硬くしないなんて…絶対無理だよ。無理って、知ってるくせに！」

未央の乳首がひどく感じやすい部位だということを、最初の実験で断定したのは、虎太郎自身なのに…。

「あ～そうだっけ？　未央さん、そんなに乳首が感じやすいなら無理だろうな。ふふ、楽しみ…あ、こっちの乳首にも挟んであげないと。ほら、はい」

怯《おび》える未央の目の前で、虎太郎はわざとらしくゆっくり時間をかけてもう片方の乳首をニップルエンドで挟んだ。

「あぁっ…ひぃ……ぃぃ！」

未央は痛みではなくショックから大きく上体を反らせたが、その動きは虎太郎に胸を突き出す格好になってしまい…。

「ふふ。いい感じだね。知ってる？　次になにをされるのか知らない方が、より感じやすくなるってデータがあるんだ。ほら、今度はなにを仕掛けると思う？」

虎太郎は悪戯を思いついた顔をして、左右のニップルエンドを指で上下に弾いた。

「ぁひっ…はあぅぅっ！　くっ…ぅ！」

プルンプルンと勃起した乳首が振りまわされて、続けざまにいじめられる。

「ひぁ…ぁあぁ…ぅう。ぃや…あぁ。ヤダっ…、やめて…痛い…少し、痛いよぉ」

未央の股間は大きくふくれあがって、身体の反応と拒絶の言葉が裏腹なのだということを示している。

「すごいね。乳首、勃起してきた。だから言ったでしょう？ 硬くしたら少し痛いかもって」

実際、痛みはほとんどないが、痛いほどの快感のために神経が勘違いを起こしているらしい。

「ん〜、いいデータが取れそうだ。それにしても…さ、未央さん」

虎太郎は数歩下がってから、腕組みして未央の身体を舐めるように眺めてくる。

「両方の乳首に洗濯バサミなんか嚙まされて、感じてる姿はホント変態っぽくていやらしい」

「そんな、じっと見るな…って。や、だっ…ぁあ。見ないで、見ちゃやだ…ぁ、お願…っ」

「見るよ。だって可愛いし実験だからね。それから、今度はニップルエンドにお似合いの…これ！ 綺麗な鈴をつけてあげる。きっと、もっと乳首が可愛くなるからね」

「え…鈴って？ ヤダ、そんな…の、どこに？ や、怖い。ぃや…やめ…て…」

つま先で懸命にあとずさろうとする未央だったが、当然、身体を卑猥に揺らすだけに過ぎない。

虎太郎は十五センチの細い鎖の先に、飴玉ほどの大きさの鈴がついたおもちゃを、ニップルエンドの先端に引っかけて吊るしてしまい…。

乳首に荷重がかかった瞬間に未央が跳ねてしまって、リン…と、可愛い音が鳴った。

「ひぐっ！　やぁぁっ。やだ…なに、これ。いやっ…重い。重いよぉ」

つま先しか畳に届いていない足がふらついて、するとまた鈴がリン…と鳴って、未央が跳ねる。

「あぁ…ん。ぃやぁ…はぁぁぁっう。ひ…ぁ、ぅ」

完全勃起した乳頭を挟んだニップルエンドも上下に跳ね踊って、揺さぶられる乳首を甘い刺激が直撃しまくる。

首や脇の筋がピンと張りつめ、ピクピク脈打っている様子が快感の深さを示していた。

「ある程度重いからいじめ甲斐があっていいんでしょ？　でもたった五グラムだよ。それに、いやだなんて嘘ばっかり。ほら見て、体温も感度もぐっとあがって気持ちいい証拠だ。ふふっ…もっとさ、こうすると……データの波形はどう変化するかな？」

虎太郎はすっかりベソをかいてしまった未央の目の前で、鎖についた鈴を摘んで持ちあげてみせると…。

「え？　なに？　やめて、嘘。まさか…それ…落とさ、ないで…やだ！　ぁ…あ、ひぃっ」

指から離れた鈴は重力に従って落下し、ひときわ大きくリンと跳ね、未央の甘い悲鳴が鈴の音に淫靡に重なった。

「ひぅぅっ！　はぁぁん…や、なんか変！　なんか、ピリッて……するよぉ」

実はこのニップルエンドは、鈴が落下する振動で微量の電気が流れる仕組みになっているが、その構造を未央はまだ知らない。

「ふふ。こうするともっと気持ちいいかも。いっぱい、いい音を鳴らしてあげる」

虎太郎は何度も鈴を指で無慈悲にも弾き飛ばし、そのたびに乳首を挟んだニップルエンドが無造作に揺れ動いて乳首を上下左右にといじめ抜く。

「あぁぁ！　ぅぁぁぁ…いやぁ…ダメ、ダメぇ…乳首、もぉ…無理、許し…て。やめてぇ」

「裸にされて吊られて、乳首に洗濯バサミみたいなおもちゃをつけられて…いやらしいね未央さん。で、最後の仕あげには、特別なバイブを入れてあげなくちゃ」

わざと洗濯バサミという言い方をされると、羞恥が倍増する気がした。

「嘘っ！　そんなの、やめて…この状態でバイブまで入れられたら、俺…もぉ…持たない…よぉ。やめて。お願い…恥ずかしすぎる…からぁ」

吊られた状態で乳首と孔を責められたら、呆気なく射精してしまうことは目に見えている。

「う～ん、困ったな。だったら…いいよ。バイブはやめてあげる。その代わり、スパンキングしようかな」

「スパンキング……って？　あ…まさか…」

虎太郎が、なにかを持って振り下ろすような手振りをしたことで、すぐにその意味がわかった。

未央は青くなって、あわてて懇願する。

「やめて、ぶつのはいや！　お願い」

「なら、バイブを入れる？　どっちかだよ」

未央は唇を嚙んで選択した。

「バイブを…入れて」

「う〜ん。どこになにを入れて欲しいのかちゃんとお願いしてもらわないと、即スパンキングだからね」

「っ…ぅ…ぅぅ。お…俺の、中に……」

「それじゃあダメ。ど・こ・に、な・に・を、入れて欲しいの？」

「う、ふ…俺の…あ、ア……ル…に、バイブ、入…れて、くださ…い」

「うわ〜、信じられない。未央さんが僕にバイブ入れてってお願いするなんて奇跡だ」

チューリップバイブのパンツとニップルエンドのせいで、すでに恍惚《こうこつ》とした表情になっている未央は、すっかり試作品のおもちゃの虜《とりこ》になっている。

「さぁ、ではお待ちかね。これが僕の新兵器、ビーズバイブレーターだよ。ほら見て」

吊られた未央の眼前に自慢げに掲げられたバイブは、淡いパープルカラーで外見は本当にオブジェみたいに綺麗だが、その動きは淫らにうねっている。

「すごく綺麗でしょう？　僕が作るおもちゃのコンセプトは、見た目が綺麗でお洒落ってこと。既製品はグロテスクなものが多くて、僕はあまり好きじゃないんだ。可愛くて綺麗だとセックスも楽しくなるし、自慰でも違和感なく使えるだろう？」

このタイミングで仕事へのこだわりを語られても困るが、未央は脳のどこかで納得してしまう。

確かに、こんな洒落て可愛い見た目だと使いやすいよな……。

そして……これが中でどう動くのか想像すると、それだけで興奮が高まって、チューリップバイブに嬲られ続けている後孔がずくっと疼いて締まる。

「このスイッチを押すとね。ほら」

静かな音が鳴り始めたとたん、バイブの表面に数個のビーズが浮かびあがって、竿の周囲をグルグルまわり出した。

ビーズは小指の爪ほどの球で、だが金平糖のように表面が凸凹《でこぼこ》している。

「や…やだそれ…すごくいっぱい玉が入ってる…無理だ。そんなの…絶対……」

「これはね、後孔のどこが一番敏感なのかを、媚肉の蠢きや反発からきちんと数値化できるバイブなんだ。まぁ、予想では前立腺が一番感じるはずなんだけど。で、そこを見つけたらビーズがその一点に集まって、集中的に前立腺を狙い撃ちする」

実は他にも微量の電流が流れる機能がこのバイブにもついていて、ニップルエンドと連動すれば、検体は想像を絶する喜悦に飲まれる計算だった。

だがその点は検体の新鮮な反応を見たいので、虎太郎はあえて口にせず実験を進めていく。

「じっくりと見てくれたよね？　ふふ、これでこのバイブが未央さんの中でどんな動きをするのかわかったでしょう？　じゃ、今から実際に中に入れるから」

失礼…と、虎太郎は紳士的に声をかけると、はかせていたパンツを脱がせる。

「ぁぁっ…ぅん、ふ…」

グシュッと粘着質な音を漏らして後孔拡張のチューリップバイブが抜け、そのとたん、物欲しげに孔が奥からギュッッと収縮した。

パタパタと微量の愛液がこぼれて床に落ちるのが卑猥すぎる。

「ふふ…名残惜しいんだ？　でも、すぐにビーズバイブを入れてあげるから大丈夫。だって、視覚的にももっと楽しみたいし他の計測もしたいから、先にこれを巻こうかな」

虎太郎は未央の膝に、新たな革バンドを巻いていく。

「え？　どう…して。ぁ…なに…す、るの？　こんな…やだ。まさか…ぁぁ。そ…んな、ひどい…」

虎太郎は天井の梁から垂れて未央を吊っている鎖に、また別の鎖を繋げると、おののいている未央の片方の膝をグッと持ちあげる。

「いやぁぁっ」

大きく片足が持ちあげられた未央は悲鳴をあげて抵抗したが、膝の革バンドにある留め金に鎖のフックが引っかけられてしまい……。

「あぁ…いやだ。こんな…格好。恥ずかしい……うぅ、あ。見ないで、見ないで…」

未央の股間は大きく広げられ、チューリップバイブでゆるんだ孔が、ピンクの肉襞をさらしてだらしなく丸見えになっている。

「うわ…いやらしい眺め。すごいね、やわらかくなった中の奥まで見えてるよ未央さん。裸で吊られて乳首を挟まれて鈴もつけられて。ちょっとかわいそうだね。でも僕は今すごく興奮してるし、未央さんも同じでしょう?」

恨めしい瞳で年下の幼なじみを睨んだが、少しも否定できないことが悔しい。

どこもかしこも、とにかく気持ちいいからだ。

「じゃ、入れるね。力を抜いて…ほら、そう。上手いね……いいよ…」

「うっ…ぅ…ふ。あぁん…ぁ…入って、くる…硬い…のが。奥…まで…くるよぉ」

羞恥にまみれる未央の素直な協力で、ビーズバイブは根元まで深く挿入されてしまった。

「あ…ぁぁ…う。ふ…苦しい…よ…」

小さな孔は懸命にバイブをくわえ込んでいて、限界まで伸びきった皮膚がかわいそうで愛おしいと、虎太郎は思わずにいられない。

「…ごめんね。でも、本当に可愛い。それに、なんて…いやらしい眺め…」

鎖で天井から吊られて片足を大きく広げられた未央。

丸見えの後孔からは、ビーズバイブの根元だけがはみ出している。

「ぁぁ…ふぅ……早く。虎太郎…お願い…ぃ」

虎太郎は熱く湿った息を吐いて、未央の小さな下の口が収縮する様を凝視していた。

「わかってる。動かさないと苦しいよね。待って、スイッチ入れるから…ん、お待たせ」

「ぁっ…ひぅぅっ！」

ビーズバイブが急にうねって振動を始め、そのとたんに未央が腰をまわすようにくねらせる。

すぐに変化は訪れて、今度はさっき目の前で見せつけられた凸凹のビーズが、バイブの表面を移動しているのがわかった。

「あ！　なに…これ…動いて…る。中で、なんか…いっぱい。いる、いるっ…いやぁっ」

無数のビーズがバイブ表面の薄皮一枚の下でゴロゴロと這いまわり、ゆるんだ媚肉に丁寧に絡まっては、こすっていく。

まるで、無数の小さく硬い生き物が孔の中を這いまわっているような、未知の感触がたまらない。

「気持ちいいの?」

未央は正直にうなずいた。

すさまじい快感に襲われ続けている未央の濡れた瞳は、徐々に焦点を失って恍惚としてくる。

「ふふ。そんなトロンとした目をして…大丈夫? 感じすぎてるんだ? ねぇ、僕が見えてる?」

後孔の内部がどんどん熱を持ってランダムに収縮すると、熟れた肉襞がビーズバイブに絡みつく。

そのとたん、センサーが感じやすい前立腺の位置を正確に特定し、一気に無数のビーズが集まってきた。

ビーズは前立腺の表皮を集中的に挟み込み、さらに揉むように愛撫してくる。

「あぁぁぁっ…あぅん…すご…い。そこ、そこ…そこが…気持ちぃい…よ…ぁぁん」

一番感じるピンスポットに手が届く感覚で、際限なく高められていく。

「アンアン言ってる未央さん、エロ可愛い…」

未央は壮絶な快感をやりすごそうとして、無意識に腰を左右前後に動かしてしまう。

すると足がふらついてあわてて踏んばると、中のビーズバイブを急激に締めつけてしまい、同時に乳首の鈴も大きく揺れてリンと音を鳴らした

「ひぐっ、いぃ……！　あぁぁううっ……」

後孔の媚肉がバイブを強く締めつけたせいで微量の電気が流れ、それが乳首のニップルエンドと連動して、両方に同じ刺激が加えられた。

「ひぅ……ぅ。いやぁぁ……ぅぅ。ふ。ぁぁん…ぁふぅ…」

未央は瞳を見開いたまま、大きく身体をしならせる。

「うわ、すごい…なにそれ…」

するとまたビクンと身体が揺れて、乳首につけられた鈴が上下に大きく揺れてリンと鳴って電気が流れ、感じすぎて中が締まるとビーズバイブにも電気が流れる。

「ひぐっ…ぁぁ…ん。いぃ…ぁひ…いぃ…気持ち、いい…すご…ぃ…ぁぁ…ん」

ビクンビクンと、濃いピンク色に染まった白い裸体が乱れ揺れ続け、延々と鈴の音が聞こえた。

「ぁぅ…ひ、だめ…乳首、ぁぁ…すごい、ビリって、する…よぉ。中も、おしりも…ぁぁ、ダメダメ。気持ちぃ…くて、もぉ、死ぬっ…死んじゃうっ…はぁぁぅん」

乳首とアナルの両方が連動し、刺激を繰り返すことで未央は延々と揺れ動かされてヒイヒイ喘ぎ狂っている。

未央の顔は、すでに涙と汗とよだれでグチャグチャになっていた。

その卑猥極まりない裸体を虎太郎は凝視していたが、革ベルトやニップルエンド、バイブ

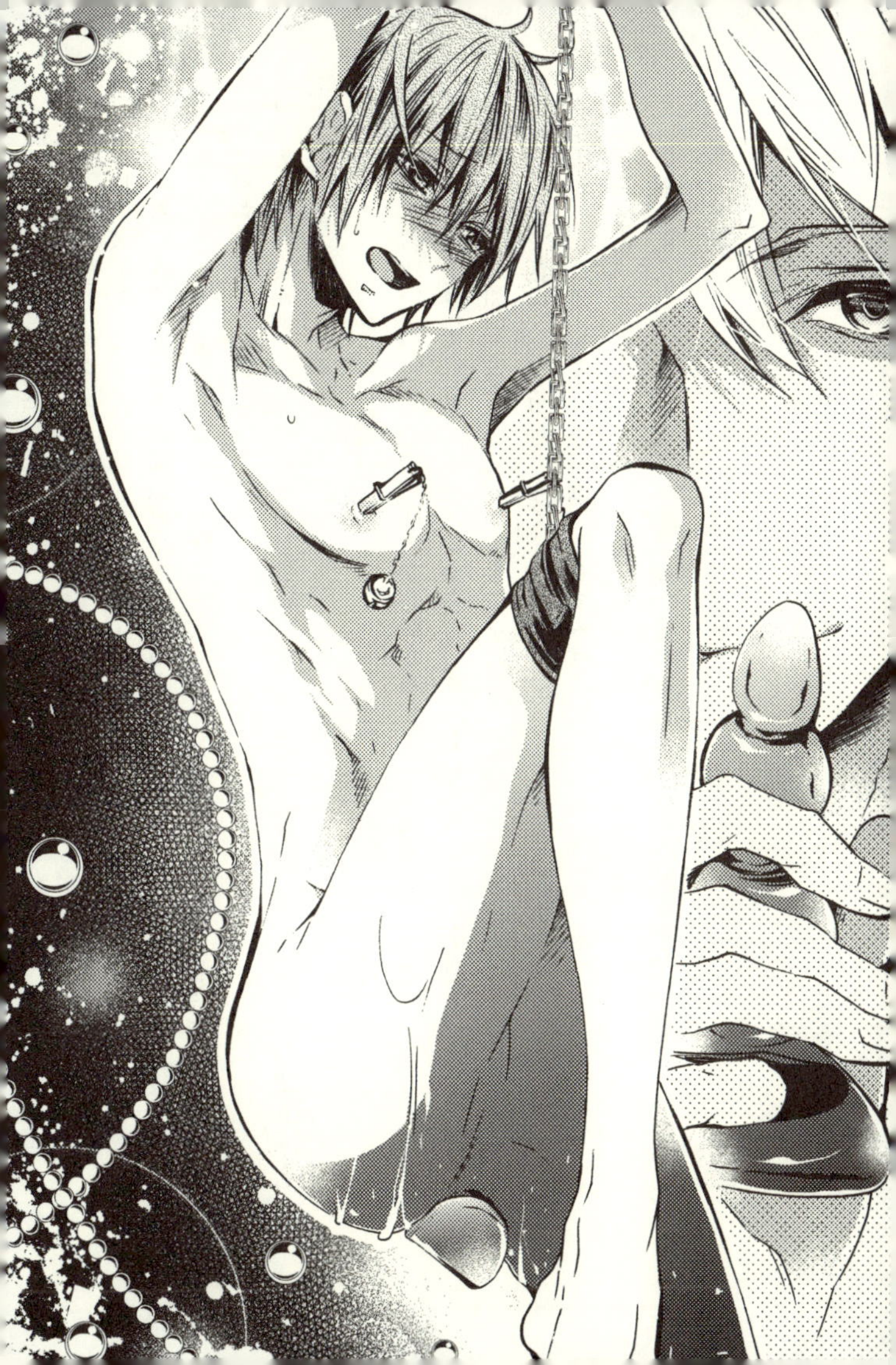

についた装置が、きちんとデータを取っている。

もちろんカメラも未央の痴態を余すところなく撮っていた。

「あ〜やらしい。本当にやらしいなぁ。全部撮ってるからね。乳首も丸見えの孔も、ズームでばっちり撮ってるから」

あとで再検証するからだと説明していたが、虎太郎は密かに個人的にも利用させてもらうつもりだった。

「いや。いや…もぉ、お願い。見ないで。撮らないで。お願い…ぁぁぁ…ダメぇ。もぉ、イくよぉ…お願い…撮影やめて…恥ずかしいから…ぁ。またビリッって！　ん。ぁん…ぁぁ」

「いいよ、イきなよ。見ててあげるから、いやらしい未央さんの全部をね」

「ひ…ぐ…お願い、見ないで、イくとこなんて…やだっ…見ないで。ぁぁぁ…もう無理…ダメ。我慢できな…ぃ。無理。イく…ぁぁぁ！」

「限界でしょ？　さぁ、いっぱい出してみせて」

「ひぅ…あぁぁぁ！」

限界を超えた未央は、羞恥に染まった肢体を淫らに痙攣させながら白濁をまき散らしてしまった。

虎太郎はカメラを止めてPCを閉じると、意識の混濁している未央の身体を鎖から解放し、そのまま抱いて自室の布団まで運んだ。

「未央さん未央さん。起きて」

汗や涙をふいたあとで優しく肩を揺すると、透明のしずくに彩られたまつげがゆっくりとあがる。

「ぅ…ん。……虎太郎？　実験、もぉ終わった？」

「終わったよ。お疲れ様。で…約束だったから、今から抱いてあげるね」

意気揚々と囁《ささや》く虎太郎に、未央は目を細めて苦笑する。

「ごめん…今夜はいいよ。もぉ俺、死ぬほど疲れてるから無理みたい。だから…明日抱いてくれる？」

「あ～そうしてあげたいんだけど…いやそのごめん。実は、僕がもう無理なんだよ。アレが硬くなって限界だから、このままじゃ絶対眠れないし。だからお願い…させてよ未央さん」

こんなふうに、捨て犬みたいな顔で可愛くおねだりされると不覚にもキュンとくる。

さっきまでさんざん好き勝手なことをしていたくせに、急に甘えてくるなんて…困る。

でもそのあざとい緩急に、未央はすっかりやられてしまいそうだ。

「あ～…そういえば、ちゃんと試作品のデータ…取れたのか？」

「もちろん、ばっちりだから安心して」

「ん。それはよかった。なぁ虎太郎、俺さ…少しでもおまえの役に立ってる？」

「もちろんだよ！　今回のデータを分析して、またいい商品ができそうだ」

「なら安心した。で……今、どうしても虎太郎が欲しいって言うなら抱いていいよ。でも俺、かなり疲れてるから優しくしてな」

「もちろん、最強に優しく抱くよ。でもごめん…最低三回はさせて」

優しい言葉と裏腹な絶倫ぶり…。

未央は目を丸くしてケラケラ笑ったあと、しょうがないな…と答えた。

「でも、服を脱いで。おまえと素肌で触れ合ってると安心するし、嬉しいから」

「それ…僕も同じだから」


虎太郎はせがまれるまま急いで服を脱ぎ、はやる気持ちを抑えるように未央の身体を組み敷いた。

「未央さん…可愛い」

耳朶《じだ》を舌先でぞろっと舐めながら息だけで囁くと、触れ合った素肌がゾクゾクと震えた。尖《とが》らせた唇で頬とまぶた、そして眉間に何度も優しいキスを落とし、唇にも丁寧に舌を這わせる。

「ん…っ…ふ………虎…太郎…ぉ」

顎から首の筋をたどって鎖骨を甘噛みし、さらに胸元に舌を這わせたあと、もう一度唇に戻った。

「虎太郎っ、なぁ、虎太郎！」

予想どおり未央からクレームがきて、ほくそ笑む。

「なに？」

「焦らすなって、噛んで…早く……」

「ふふ。ごめんごめん。わざとじゃないんだ。唇にキスしたかったから」

そう言うと、望みどおりに胸に顔を伏せ、愛撫《あいぶ》を待ちわびている熟した果実に吸いつく。

「はぁっ…ん」

それだけで未央の背中と腰が敷布から浮きあがった。

「気持ちいい？」

未央は目の前にある鍛えられた肩や上腕の筋肉にも掌をすべらせ、互いの興奮を高めていく。

「ん、いいよ…すごく……もっと食べて。強くしてもいいから」

強い愛撫に慣らされた身体が、もっともっとと嬲られることを望んでしまう。

「だーめ、優しく抱いてって言ったでしょ未央さんが。だから、ね…」

虎太郎は指を使って両乳首を根元から扱きながら、それを交互にまんべんなく吸って噛んでを繰り返す。

「ぁん…っ、ぃい。乳首…気持ちいい…なぁ、こっちも…触って…お願い」

今度は舌で凝った粒を転がしながら、芯を持ち始めた未央の雄茎を掌でやわらかく包み込んだ。

「はぁ！　ん…っ…ん、ふっ…」

鈴口から透明なしずくがこぼれ、竿を扱くたびに粘着音が響いていかがわしさが増す。

「やらしい音がしてるね。こんなに濡らして…エッチな未央さん。でも、僕はどんなあなたでも好きだよ」

息が苦しくなるほどの興奮と愛おしさで、互いに胸がいっぱいだった。

「虎太郎……虎太郎っ…」

今はよけいなことをなにも考えず、ただ純粋に交じり合って愛し合いたい。

未央の足の間に逞しい腰が割り込んできて、膝で両足をすくいあげられる。

「あっ…」

恥ずかしいほどに開脚され、潤んで熱を持った孔が丸見えになってしまうと、未央はとっさに両手で顔を隠してしまう。

「大丈夫。ゆっくり挿れるから…ねぇ、恥ずかしいの？　でも、顔…見せてよ」

顔を覆った手の甲や指を何度も虎太郎に唇で啄まれ、肌にかかる息の熱さと甘さに根負けして未央は手をどけた。

「ふふ、うん。やっぱり未央さんは可愛いね」

ふにゃっと笑うと、油断していたアソコに硬い亀頭が押しあてられる。

「ぁあっ……ぁ、ぅ…んん…っ。虎太郎、虎太郎っ…すごく、ぃぃよ…ぉ」

息を吐いて腰から力を抜くと、ゆっくり、そして確実に硬いペニスが押し入ってきた。

「未央さん、僕も気持ちいいよ。未央さんの中、うねって熱くて…よく締まる」

圧迫感を上まわる法外な快感だけが下腹部を支配し、もっと奥まで欲しくて未央は両足を逞しい腰に絡みつける。

「もっときて。奥…まできて…欲しいんだ、虎太郎の…が。なぁ……もっとしてぇ」

「あぁもう。本当にヤバイんだって。未央さん、そんなに煽《あお》ったら、どうなっても知らないからね」

挑発に乗る気になった虎太郎が、しなる腰を摑んでグッと引き寄せる。

すると望みどおり最奥まで深く穿《うが》たれた未央が、甘美な悲鳴を放った。

「ぁあっ！　……ん、ぅ…いい…ぃぃ…気持ち…ぃ…よぉ」

すがるように、首根にしがみついてくる腕を優しく引きはがす。

「ごめん、動きにくいから…ね。だって僕はもう…限界なんだ」

そう言い訳すると、虎太郎は猛然と細い腰を揺すり始める。

今まで摑まっていた相手を失った手が、迷った末にシーツを固く握りしめて快感を逃そうとしていた。

それさえ許さない虎太郎は、前立腺のふくらみをわざと己の亀頭のエラで刮《こそ》ぎ倒す。

「ひっ…ぅん、そこ、そこが…ぃぃ。気持ちぃ…あ。だめ、いい…そこ…して…もっと…」

支離滅裂な言葉は喘ぎにまみれて上手く聞き取れなかったが、虎太郎は満足そうに微笑んで、濡れた未央の唇を舐めてくれた。

「ごめん未央さん。悪いけど、もうこれ以上は持たないみたい。悪いけど、一回イかせて…」

「ん。俺も、もぉダメだ…。だから一緒に…なぁ、虎太郎……ぁぁ…ぅ。ふっ」

未央は耐えられないと言わんばかりに髪を左右に散らしながら、一気に絶頂まで駆けあがっていく。

壮絶な快感の果てに射精した瞬間、少し遅れて中が一気に熱く濡れるのを感じた。

そしてようやく、二人は充足の息を吐いた。

【5】


季節が移ろうのを木々の葉色や花の彩りで感じることができる庭は、すでに虎太郎のお気に入りになっている。

夏になると未央が育てている幾種類もの野菜が実をつけ、それを一緒に手入れしたり調理したりするのも日課の一つになっていた。

実がつく植物は楽しいと、未央がいつも言っている意味が最近ではよくわかる。

自分で育てた茄子《なす》やキュウリ、トマトが実ると嬉しいし、もぎたての新鮮な野菜をそのまま食べるととても美味しい。

スーパーで買ってくる野菜とは、やっぱり鮮度が違うのだとわかってきた。

さらに二人はこの頃、一緒に映画を観たり遊園地に行ったりと、アウトドアも楽しんでいる。

そんな中。

自分の立場が検体としか思われていないのか…という疑念はずっと未央の心をむしばんだ

ままだったが、あえて見ないようにしていた。

それはなぜかというと…。

すでに虎太郎は未央にとって、いなくてはならない存在になっていたからだ。

好きだと告白され、ようやく自分も虎太郎のことを同じように愛していると気づいたが、そこに湧いてしまった猜疑心《さいぎしん》。

虎太郎に問いただすことは簡単だが、もし仮に「あなたはただの検体です」なんて言われようものなら、もう一緒にいることはできないだろう。

でも、今の幸福な生活から虎太郎がいなくなることを想像した時、ゾッとした。

無理だ。今さら虎太郎を失うことなんかできない。

だから未央は、前に進むことも戻ることもできないまま、現状を維持し続けている。

ただただ一心不乱に、虎太郎の本心から目を背け続けていた。

だから未央は、ごく普通の恋人同士のように虎太郎とセックスをする。

例の契約については、試作品が仕あがったタイミングで実験のお願いが来ることもあるが、それも未央は柔軟に受け入れていた。

確かにキツいことをされる時もあるが、虎太郎の開発するおもちゃは基本的に上手くできていて、痛かったり苦しかったりすることはない。

意地悪な要求をしても、それは単に褥《しとね》での睦言《むつごと》の範疇《はんちゆう》から逸脱することはなかった。

死ぬほど気持ちよくして、最後は必ずもどかしいほど優しい愛撫で抱いて、満足させてくれる。

慣らされて変えられていく自分の肉体と心を、未央は前向きに受け入れていた。

実際、虎太郎の作る大人のおもちゃは非常に好評で、常に在庫切れになって製造が追いついていない始末。

それもそのはず、実験データを取ったあと、何時間もかけて分析してから完成品を作るからだ。

そこに一切の手抜きはなく、彼にとっては精密な時計や機械を作るのも大人のおもちゃを作るのも、基本的にはなにも変わらないらしい。

虎太郎の商品が人気になっている一番の原因は、女性の購買客が増えたことにある。

要するに、既存の大人のおもちゃは男性器を模したグロテスクな形や色のモノが多かったが、虎太郎はそこを刷新した。

まるで部屋のオブジェや小物のような洒落た見た目と、優しい色合い。

女性客でも手に取りやすい商品が好評を博して、大ヒットに繋がっているというわけだ。

もちろん特許料もガツンと入ってきて、虎太郎は食費をたくさん入れてくれるので、正直未央も家計が助かっていた。

そんな日々の中、昼も夜も虎太郎の存在はすでにそばにあって当然のもので…。

二人で過ごす毎日があたり前の日常になっていくことが、未央はただただ怖かった。

幸せな日々が怖いなんてこと、これまでは知らなかった。

だから未央は虎太郎に真意を問いただすことに背を向け、目をつぶることで、この関係を保っていた。


よく晴れた暑い朝、二人は豊洲《とよす》にあるアウトドアパークを車で訪れていた。

未央の父母は祖父の代から究極のアウトドア派で、未央も千鶴も幼少の頃から家族で釣りやキャンプによく連れていってもらった。

未央がテントを立てている間、虎太郎はバーベキューの炭に火をつける作業を任されているのだが…。

「未央さん、炭に火がつかないから着火剤をもらったんだけど。炭の上に乗っけたらいいのかな?」

テントの骨組みに布を通して組んでいた未央は、作業の手を止める。

「着火剤はあってもいいけど、なくても炭に火はつくぞ」

固形の備長炭を炉に並べたままではいいが、虎太郎はチューブの着火剤を炭の上に押し出そうとしていた。

「うわ～！　待て待てちょっと待て。炭をそんな塀のブロックみたいに隙間なく積んだら火はつかないって。おまえ、バーベキューもしたことないのか？」

野外活動的な行事に参加したことが皆無の虎太郎は、炭に火をつける方法なんてまったくわからない。

「すみません…」

「ちょっと見てろ。んで、おまえもやってみろよ」

未央は持参してきた新聞紙をまず縦に裂き、それをよじったり丸めたりする。

もちろん虎太郎にも手伝わせて、それを数個用意した。

「火って、空気が入らなきゃ燃えないのはわかるだろ？」

「わかるよ」

「だから、ほら…こうやって炭を積む時、間隔をちゃんと空けて空気の通り道を作る」

小さく丸めた新聞紙を五個ほど真ん中に置いた未央は、その周囲を囲むように固形の炭を積み並べていく。

「これは備長炭だから特に火がつきにくい。でもその分、他の炭より長い間、燃え続けるんだよ」

実際、海外の炭は着火しやすいが、火力がとても強くてすぐに燃えつきてしまうものが多かった。

未央はさらに、丸めた新聞紙の上にも炭を置いて、中の新聞紙を囲ってしまう。

「ん。準備はこれでいい。じゃあ、火をつけようか」

「え？　まったく着火剤を塗らなくていいの？　本当にこれで全部の炭に火がつく？」

「大丈夫だって。ほら、中の新聞紙に火をつけて。そこの、空気の通り穴として空けた隙間からライターを差し込むんだ。テーブルに着火ライターがあるだろ？　親指のところにあるスイッチを押すだけだから」

虎太郎は着火ライターを手に取ってみたが、なかなかスイッチを押せない。

「なにやってんの？　そこだよ。押すだけで火が出るから」

顔をひきつらせる虎太郎を見て推測する限り、着火ライターにビビっているらしい。

「早くスイッチを押せば？」

まったくもって男らしくない虎太郎にそう言って活を入れたが、なにやら急にニヤけた顔になってヒソッと耳打ちしてくる。

（あのさ未央さん。例の実験をしてる時は、動くアレのスイッチなんて簡単に押せるんだけど…僕はやっぱり火は怖いみたい）

本気の力で頭をどつかれた虎太郎が、恐る恐る着火ライターのスイッチを押してみると、結構な勢いでボッと炎が噴き出した。

「うわぁぁっ！　これ、怖いって！　こんな危ない道具は無理だよ。火傷《やけど》するって」

炎を見て一気にライターを放り投げてあとずさるチキン野郎に、未央は呆《あき》れ返る。

「はぁぁ?」

あまりのヘタレっぷりに唖然としつつも、怒る気力も喪失して自ら火をつけた。

「練習だと思って一回やればいいのに。こんな簡単なんだから」

「いやだよ。火は危ないんだから僕には無理無理。あ、すごいね。本当に簡単に火がついた! よかった。これで肉が食べられる」

そのあとも虎太郎は完全に女子仕様で、テントもバーベキューも準備は未央がした。

まったくもって役に立たない愚男だ。

その後も未央が包丁で切った野菜を網に並べて焼いていると、また虎太郎が騒ぎ出す。

「うわ、うぁ~!」

「はぁ……今度はなんだよ? うるさい奴だなぁ」

「ってか未央さん。ここ、恐ろしくバッタが多いんだけど。怖くて芝生の上も歩けないし」

「はぁ?」

「僕は虫が嫌いってこと、知ってるだろう?」

まぁ確かに子供の頃から虎太郎は虫が大の苦手だったが、そういうのは成長するにつれて克服できると思っていたが。

「あ~もういい。わかったわかった」

相変わらずのヘタレっぷり、使えなさっぷりに、もう苦笑するしかない。

「虎太郎って完璧に女子だよな」

思わずそう嫌味を投げてやると、

（……なら言わせてもらうけど、いっつも僕に突っ込まれてアンアン喘いでるのは未央さんの方だろう？）

ヒソヒソと囁かれ、未央は今度こそグーで鳩尾を殴ってやった。

「ほら！　肉を焼くから、そこのトングを取って」

「いよいよ肉投入だ！　食べるのは任せてよ。って、わ～！　うわ～！」

「虎太郎！　いい加減にしろよ。今度はなんだ？」

「動いてる！　無理無理っ」

トングの上に蜘蛛《くも》がいると騒ぎ出した虎太郎に、未央は完全に脱力した。

「はぁぁ…まったく…」

彼は少し前、翔太に拉致されそうになった自分を助けてくれた強い男と同一人物のはずなのだが…。

でっかい身体をして小さい蜘蛛に本気でビビるイケメンの図は壮絶に滑稽《こっけい》で、なんだかもう笑えてくる。

「でも、おまえが怖がってるのって…ちょっと可愛いんだよなぁ」

無意識に声にしてしまってから、ぶるぶる首を横に振ってみるが、やっぱりダメ男の虎太郎は可愛かった。

「ふぅ。俺ってやっぱり、ヘタレ男にキュンとくるタイプみたい。マジで損な性分だよ」

そう言いながらも、未央はテキパキと肉やら野菜やらを焼き続ける。

結局、虎太郎は食べる専門だったが、美味しい美味しいと繰り返してモリモリ食べる姿は本当に微笑ましい。

「俺…やっぱり誰かに食わせるのが楽しいみたいだよ」

その後、食事が終わると洗い物は積極的にやってくれた虎太郎に、未央はもうそれだけで満足した。

この幸せが続けばいいのに…と、心から思った時、また胸がちくりと痛む。

「はぁ…」

俺は本当に、ずっとこのまま都合の悪いことを見ないフリして、目を背けてていいんだろうか?

「別に、これでいいんだよ」

今も静かに胸にわだかまっている疑念と対峙するのを避けてでも、刹那《せつな》の幸せを手放せない自分。

でも、自身をごまかすのにも限界がきていることを、未央は感じ取っていた。

日が暮れて星が瞬く頃、未央はクーラーボックスから缶チューハイを二本取り出す。

「ほら、冷えてるぞ」

「ありがと」

芝生には絶対に座らないとゴネる虎太郎が、自ら調達してきた二人がけベンチに、彼らは並んで座っていた。

「風が気持ちいいなぁ。夜になるとすごく涼しくなったし、星も綺麗だ」

ビル街では拝めないような、三等級レベルの星も肉眼で見えるのは、周囲に人工的なネオンが少ないからだろう。

「あ！　ほらあれ！」

夜空に瞬く天の川から、一筋の光が帯を引いて流れ落ちていく。

「うわぁ。未央さん今の見た？　僕、流れ星なんて初めて見たかもしれない」

海のそばにある静かなキャンプ場。

そして宇宙に瞬く天の川と、神秘的な流れ星。

とてもロマンチックな夜だった。

「虎太郎は、なにか願い事をしたのか？」

「あぁ、そういうの…忘れてた。今度見たら絶対するよ。でも、もう一回見られるかな？」

「う〜ん、ずっと空を見てたら流れるかもな。そうそう、願い事をあらかじめ考えておいたらいいんじゃないか？」

一瞬で言えるように短い言葉がいいとか、いろいろアドバイスをしてやるが…。

「願い事はさ、実はもう決まってる」

「へぇどんな？」

「未央さんがね、僕のことを……好きになりますように…って」

「え？　っ……虎太郎、おまえ。なんだよそれ」

確信に触れるのをずっと恐れている未央は、話をはぐらかすようにグイッと缶を傾けたが、今夜の虎太郎はそれを許さない。

でも基本はヘタレ気質なので、一応控えめなトーンで語りかけた。

「あの…さぁ」

危惧《きぐ》していた展開になりそうで、未央は次の缶チューハイを取ろうとしたが虎太郎に阻止される。

「この前の告白に…僕はまだ未央さんの返事をもらえてない。だからって、しつこく訊いたらいやがられること、ちゃんと高校時代に学習してる。でも、どうしても言わせて欲しい。僕はやっぱり未央さんが好きなんだ。昔からずっと……だから、そろそろ返事が欲しい」

ついに追いつめられた未央は、本当のことを知るのが怖くてうつむいてしまう。

果たして、虎太郎の言う好きは本物なのか？

実験の検体として貴重だから、自分を好きだと言っているのではないか？

ずっと不安で訊けなかった真意を問いただすなら、今しかない。

「未央さん」

虎太郎に名を呼ばれ、仕方なく視線を合わせた。

「…フラれるならそれでもいい。覚悟はできてるから。だから今、明確な答えが欲しい」

ここに来てようやく未央は、すべてに性根を据えて向き合おうと腹をくくる。

「虎太郎……あのな…おまえに訊きたいことがあるんだ」

未央が意を決して話し始めた時、タイミング悪く虎太郎のスマホが鳴り出した。

「あ、ごめん未央さん。ちょっと待ってくれる？」

まるでよくあるドラマの告白シーンのように都合よく邪魔されて、出鼻をくじかれた気分だった。

「はい佐々木です。あぁ、どうも。え？　それって、今日だった？　あ〜、そうか。変更になったの忘れてた」

相手が誰なのか妙に気になるのは、いやな予感がしたからだ。

「ごめん。今からすぐそっちに向かうよ。そうだね、二十分ほどで着くから待ってて」

察するに、虎太郎には急な用事が入ったようだ。

「え？　うん。ごめん、今その話はちょっと…あとで説明するから…じゃあ切るよ」

なんだろう？　訊かれたくない話でもあるのかな？

なんだか怪しい…。

「未央さんごめん。実は大事な仕事の用件があったのに、日時が変更になったことを忘れてたんだ」

「あぁ、そうみたいだな。今から行くのか？」

「本当に悪いけど、そうするよ。でも二時間ほどで戻るから、話の続きは必ずあとでしよう。終わったら即行で帰ってくるから待ってて」

未央が承諾すると、虎太郎は二十二時には戻ると言ってその場をあとにした。


いったんは虎太郎を見送った未央だったが、どうにも釈然としない気分だった。

彼の急用がなんなのか、気になって仕方ない。

どうにもうさんくさい臭いがしているのだが、こういう時の勘は妙にあたるから不思議だった。

「やっぱりダメだ。気になってしょうがないし」

未央はバッグを肩に担ぐと、気づかれないよう気をつけながら虎太郎のあとを追いかける。キャンプ場を出たところで彼がタクシーを拾ったので、未央もすぐ後続のタクシーを摑まえて乗り込み、前の車を追うよう指示した。

二十分ほど走って、タクシーは虎太郎が勤務する会社の門の前に停まって、彼はそこで車を降りる。

今日は休日で、そこに守衛などの姿は見あたらなかったが、門を開けて中に入っていった。未央も少し離れたところでタクシーを降り、五階建てビルの入り口前まで虎太郎をつけて物陰から観察する。

「……っ？　…人がいるけど。あれは……誰だろう？」

どうやら虎太郎は、会社で誰かと待ち合わせをしていたようだ。

窓の少ない、倉庫を思わせるようなビルの入り口ドアはノブのついた鉄製で、商談などができる社屋でないことはわかる。

そのドアの前に立って手を振っているのは、おそらく二十歳《はたち》を少し過ぎたくらいの男性だろうか？

センスのいい洒落た服とモデルのような綺麗な顔立ちの彼は、虎太郎の姿を見つけると笑顔を見せた。

爽《さわ》やかな若い青年の登場が意外で、未央はなぜか急に胸が苦しくなるのを感じた。

「あいつ、誰だろう？　なんであんなヘラヘラと笑ってるんだ？」

虎太郎は彼の前に駆け寄ると、両手を合わせて謝っているようだ。

その瞬間、未央の脳裏には『浮気』の二文字が浮かんでしまう。

「誰だよあいつ！　いったい、虎太郎のなんなんだ？」

約束の時間に遅れた言い訳をしている様子の虎太郎に、青年は少し怒った様子で頬をふくらませた。

申し訳なさそうに頭を下げた虎太郎だったが、次の瞬間、未央は我が目を疑う。

なんと、その若い男がいきなり虎太郎に抱きついたのだ。

「え！　なんで…あいつ？　やっぱり、虎太郎には他に恋人がいたってのか？」

そんな、まさか？　でも…。

虎太郎は困った顔で青年の肩を摑み、自分から離そうとしているようにも見えるが、未央にはじゃれているみたいに見えた。

その時突如、未央の脳裏に過去の苦い記憶がよみがえってきた。

高校三年生の夏、虎太郎の想いに応えられなかった自分の代わりに、虎太郎は妹の千鶴とつきあってしまった。

あの日、未央が受けた喪失感は想像を絶するほどで、今さらのように自分が虎太郎を大切に思っていることを知った。

そして今、まさにあの時と似たようなことが目の前で起こっている。

「こんなの、いやだよ…」

自分が煮えきらずにグズグズしているせいで、また虎太郎を誰かに取られてしまうのではないか？

「いや、まさかな…でも」

現に目の前で、虎太郎が別の男と抱き合っているのは事実。

すでにもう、取り返しのつかないことになっているのかもしれない。

そう悟った瞬間、未央の闘争心に一瞬で火がついた。

「そんなこと絶対に許さない。虎太郎は俺のもんだから誰にも渡さないからな！」

未央は一気に駆け出していく。

「虎太郎っ！」

大声で名を呼びながら二人のもとに駆けつけると、意外な人物の登場に大いに驚いた虎太郎は、抱きついている青年ごと硬直してしまう。

「え？　なに…未央さん？　どうして？」

「虎太郎、おまえっ、ずっと俺に手を出さないと思ったら、やっぱり浮気してたんだな！」

「は？　はぁ…浮気？　浮気ってどういうこと？　いやあの未央さん、そもそも僕と未央さんって…つきあってな…ぃ、痛っ」

問答無用で、未央は虎太郎の頭を叩く。

「うるさい！　言い訳すんな。おまえ、コイツとつきあってんのか？　正直に答えろよ！」

完全に頭に血がのぼっている未央は、すごい剣幕で息巻く。

それを目の当たりにした虎太郎は、未央とは逆に冷静になって斜に構えた。

「ふうん。で、未央さん、もし僕が彼とつきあってるって言ったらどうする？」

「そんなの決まってるさ。絶対別れさせる！」

虎太郎は感情をあらわにした未央の言葉に、目を見張った。

「未央さん…」

「うるさい！　いやがってても別れてもらうぞ！　だっておまえは未来永劫《えいごう》、俺のもんなんだからな！」

言いたいことは、これで全部言いきった未央だったが、そのとたん、虎太郎はまだ絡みついていた青年を引きはがして、目をうるうるさせる。

「未央さん、今言ったこと、本当なんだろうね？」

「嘘なわけあるか！」

「あの、説明させてくれるかな…えぇっと、紹介するよ。彼は、大学生の香川《かがわ》クン」

隣にいた青年は、急なこの事態に苦笑いしているが…。

「あ～その…香川クンは、次の実験の検体なんだ。未央さんに次ぐ、検体二号ってこと」

「えっと…こんばんは」

決まり悪そうに会釈する彼に、未央は一瞥《いちべつ》をくれてやる。

虎太郎は言い訳のつもりで検体だと白状したが、それは結果、火に油をそそぐ格好になった。

「検体二号だって？　はぁ？　それどういうことだよ！　なんで俺以外の検体を使う必要があるんだよ！　俺は失格ってことなのかっ？」

「違うよ。じゃなくてその…今度の実験は、ちょっと大がかりな仕掛けを使うから、未央さんには無茶させたくなかったんだ。でも香川クンなら、その…」

言いにくそうな虎太郎の言葉を香川が引き継いだ。

「自分は小学生からゲイとして生きてきたんで経験豊富なんですよ。だから多少の無茶はできるからってことで、今回の実験検体に選んでもらったんです」

「はは…そう、そういうことなんだ」

虎太郎は頭を掻いて苦笑しているが、未央は納得できない。

「なんだよそれ、別に俺だって経験豊富ってわけじゃないけど、おまえの実験ならなんだって協力するよ。俺の代わりの検体なんか使うなよ！」

完全に怒り心頭に発している未央を、虎太郎はなんとかなだめようとする。

「まぁまぁ、ちょっとそろそろ落ち着いてって未央さん」

青年は肩をすくめてから、二人に頭を下げた。

「あの、なんだか自分のせいで変な誤解を招いちゃって、すみません」

彼に嚙みつく勢いの未央を、虎太郎はさり気なく背中に隠す。

「香川クン、本当にごめん。あの、これ…今日の分だから。わざわざ来てもらって、ありがとう」

虎太郎が謝礼の入った封筒を手渡すと、彼は驚いた顔で手に取った。

「え？　自分、今日はまだ検体の仕事もしてないのに、お金もらっていいんすか？」

「いいよいいよ。ご足労かけたし待たせたし、本当にごめんな」

「ぜんぜん、むしろラッキーです！　ありがとうございます」

香川は嬉々として虎太郎の首に抱きつき、いきなり頰にキスをするときびすを返し、爽やかに去っていく。

その行為に、未央はギリギリと歯を鳴らした。

「まぁまぁ未央さん、これは彼のあいさつみたいなもんなんだよ。だから気にしないで」

言い訳をする虎太郎を前にし、未央は涙を浮かべながらも、釈然としない気持ちをついに爆発させた。

「虎太郎はさ、あいつと同様に俺のことも、結局は検体としか思ってないんだろ？」

「は？　なに言ってるの未央さん。香川クンは検体だけど、未央さんはぜんぜん違うよ」

「なにが違うんだよ。おまえ、最初に実験した時も二回目の時も、俺のことを最高の検体だって何回も言ったくせに」

「え？　そんなこと言ったっけ？　だとしても、決して悪気はない。だって本当に素晴らしい検体だし」

「ほらまた！　おまえに悪気はなくても検体なんて言われたらヘコむし誤解するに決まってるだろう！」

「は？　どうして？　検体とも言ったけど、ちゃんと好きだって何度も言ったのに」

虎太郎はやっぱり天然だった。

「それでも誤解するんだよ！　おまえが俺を好きだって言うのは、検体として逃がさないためかもって思うだろう。それに一回目の実験のあと、まったく手を出してこなかったじゃないか。それって俺が検体としか思われてないってことだろ？」

「はぁ？」

自分の焦らし作戦がとんだ誤解を招いていたようで、虎太郎はあわてる。

「違うんだ。違うよ。実はその…一回目のあと手を出さなかったのは、未央さんを僕に振り向かせる作戦だったんだ。考えてもみてよ。高校時代にいくら押してもなびかなかったから、次は少し引いてみようって考えるだろう？　でもそれがこんな誤解を招くなんて…」

「え…？　おまえが俺を抱かなかったのは、興味がなかったんじゃなく、焦らし作戦だったのか？」

「そうだよ。ごめんなさい」

「じゃ、おまえは俺のこと、本気で好きなのか？　実験の検体じゃなくて？」

「あたり前だろ。未央さんが好きだよ。愛してるんだ」

未央の肩から一気に力が抜けた。

「あぁ…そっか、そうなのか…。ぁぁ…よかったぁ」

「で。返事は？」

即座に切り返されたが、考えてみれば虎太郎のことをずいぶん待たせてしまった。

「うん。ごめんな虎太郎。俺、ずっと返事できなくて、本当にごめん」

「…あの。ちゃんと言ってよ…」

恥ずかしいけど、きちんと伝えるには今を逃したらない。

「俺もさ、虎太郎が好きだよ。なんか、高校時代はずっと本心から目を逸らそうとしてたけど、本当は俺も…ずっと前からおまえが好きだったんだ」

「………未央さん…」

それを聞いて感極まった虎太郎に、いきなり抱きすくめられる。

「あ、ちょっ！　おまえ、ここは外なんだぞ。会社の誰かに見られたらどうするんだよ」

「今日は休日だから誰もいないよ。それにこんな暗いんだから誰かわからないって」

確かにそうだ。でも…ちょっとなんだか恥ずかしい。

「僕は生涯、未央さんのことを大事にするから。ずっと未央さんだけを好きだし、悲しませたりしないし一生護る」

背中を抱きしめる腕が震えているのを感じて、不覚にも胸が熱くなる。

「それは、ありがとうな。でも…おまえはヘタレだから、護るのは俺かもしんないけどさ」

照れ隠しにそう言って笑ってやった。

でもこの前、不意打ちで拉致されそうになった時、元カレを撃退したのは他でもない虎太郎で。

案外頼りになるのかもしれない男の腰に、未央も手をまわす。

「確かにそうかもしれないね。僕…ヘタレでごめんなさい」

「別にいいよ。俺、ヘタレの恋人は嫌いじゃないみたいだからさ」

分厚い胸板を押し返して距離を取ると、互いの目を見つめ合った。

「それは大変よかったです」

「あはは、なんで急に敬語？　でもだからって、ヘタレに甘んじるのはダメだからな！」

未央自身もこの展開に最上級の幸せを感じていたが、実は少しだけ懸念もあった。

虎太郎は誠実な男で、いったん二人の関係を一歩前に踏み出したなら、戻れなくなるのは必至だ。

だから、未央は少なからず不安にもなる。

「なら改めて…未央さん、僕は子供の頃からずっとあなたが好きなんです。だからどうか僕とつきあってください」

友情には終わりがないが、恋愛には終わりがある。

そう考えるとゾッとするが、未央はそんな負の思考を吹き飛ばすように頭を振った。

「なに未央さん？　僕を、あなたの恋人にはしてくれないの？」

考え始めると不安は尽きないけれど、今は勇気を出して二人の関係を前に進めよう。

「ごめん、違うんだ。うん…俺、おまえとつきあうよ。ちゃんと、虎太郎の恋人になる」

それを聞いた虎太郎は、鳩《はと》が豆鉄砲を食ったような、やや滑稽な顔になった。

「ちょ、おい。なんでそんな変顔するんだよ？」

「いやごめんその…つきあってくれるの？　僕と。未央さん、ほ、ほほ…本当に？」

おいおい、おまえ…いったい何回『ほ』って言うんだよ。

「なぁ、完全にどもってるけど。でもこれは本当だぞ」

「……あぁ。本当に本当なんだね？　ちゃんと聞いたからね。あとで、やっぱりナシだったとかはナシだから」

「虎太郎って、言ってることワケわかんないぞ。さっきから日本語になってないし」

変な虎太郎。

でもようやく彼は、安堵の表情で空を仰いだ。

「うわぁそうか…。夢みたいだなぁ。本当に僕たちは両想いなんだよね？　あぁ、この日をどれだけ夢見てきたか…高校の時からずっとだよ」

感慨深い横顔は、凛々《りり》しくてやっぱりイケメンだと未央は思った。

「それじゃあ、未央さん…」

「んっ…」

少し眉尻が下がった顔が近づいてきて、未央はその意図を察して目を閉じてやる。

やわらかい感触が唇に触れて、その温度の高さに少しだけ動じてしまった。

緊張しているのか、ぎこちないキス。

ふと気づいた。

「なぁ虎太郎、俺たちってキスするの初めてだよな？」

キスはおそらく二度目だが、ちょっとカマをかけてみる。

最初のキスは、未央が寝たフリをしている時、虎太郎にこっそり奪われた。

それを知らないはずの未央にとっては、これが初めてのキスになるわけだが…。

「…えっと。あ～…うん、そうだね」

思いあたる節がある彼はそれがうしろ暗いのか、少し申し訳なさそうな顔になったから、許してやることにした。

「俺たち、キスよりもっとエロいことといっぱいしてるのにな」

困ったように頭を掻く虎太郎の狼狽《ろうばい》が愛おしい。

「でも実はね…試作品の実験中に、未央さんにキスしたくなったことが何度もある。でも、いつも我慢してたんだよ。それって恐ろしいほどの忍耐がいったし」

唇を尖らせる虎太郎は、それでも満たされたような笑顔を見せる。

別に実験中でもキスしてよかったのに…と思った未央だったが、それはあえて口にしなかった。

「未央さん、好きだよ…」

肩を抱かれて引き寄せられると身体がさらに密着し、口づけも深くなる。

未央は自ら求めるように虎太郎の唇の結び目をなぞって、開けてくれと催促した。

「ん…ふ……」

わずかに開いた隙間から舌を差し込み、唇ごと押しつける。

くちゅっといやらしい水音がして、舌が口腔で絡み合った。

「未央さん…好きだよ。本当に好きなんだ…」

「うん。俺も、俺も虎太郎が好きだよ。これからはずっと…一緒に…う、…っ…ん」

しゃべっているのに、それさえ待てないみたいに唾液ごと舌を吸われる。

優しくて執拗で情熱的で貪欲なキスに、未央は時間を忘れて溺れていった。

「未央さんあの、今から実験室に来てもらっていい?」

せっかくロマンティックなキスに浸っていたのに、虎太郎がそんな発言をかましてくる。

「え? へ? ………あぁ、そうか。そうだよな」

別の検体を帰らせたのは未央自身なのだから、これは虎太郎にとって当然の要求だった。

「でも…今から実験するのか?」

「そう。さっきも言ったけど、今、ラブホテルに設置する大型装置の設計をやってるんだ。で、実験室に置いてある完成したばかりの試作品を試したいんだけどダメかな? こういう実験だし、できれば他の社員がいない夜の方がいいだろう?」

確かに虎太郎の言うとおりだが。

「はぁ…まぁ確かに夜がいいよな。でも俺、ちょっとだけ期待したよ。今から二人でラブラブするのかな…ってさ」

「あ~ごめんなさい。でも、これも僕の大事な仕事なんだし、お願いします」

「うん、わかった。ちゃんと協力してやるよ。けど、さっきのキャンプ場に戻らなくていいのか?」

「それは明日でいいんだ。場所やテントは明日の夕方まで借りてるから大丈夫」

「そっか。わかった」

「なら、さっそく今からこの棟にある実験室に案内するよ」

正直未央はあまり気が進まなかったが、それでも肩を抱かれてドアに向かった。


研究室が入ったこの社屋には機密事項が多いようで、虎太郎はＩＤカードでドアロックを解除してから中に入る。

「どうぞ、僕の実験室は三階にあるんだ」

虎太郎の在籍する商品開発チームは飛躍的なヒットを飛ばしていて、今は社内でも特別扱いされるほどだった。

彼の開発した大人のおもちゃは、そんな高待遇を許すほど大いに業績に貢献している。

「あの…ここは、どんな実験をする施設なんだ?」

「さっきも言ったけど、うちのアダルト部門はグッズだけじゃなく、大人が楽しむための大型機械も製作しているんだよ。で、僕は今度、そっちの仕事も任されたってわけ」

アダルト部門って、さらっと言ったけどすごい名前だな…。

それに大型機械って、具体的にどんなものなんだろう?

素朴な疑問を口にしようとした時、ちょうど実験室の前に着いた。

「どうぞ入って」

虎太郎がドアを開けると…。

未央は目の前に現れた機械の数々を見て、しばし絶句する。

「………！　なに、これ…？」

そこに置かれていたのは、人を拘束する十字架や、鞍《くら》に仕掛けのある木馬。

他には手錠のついた檻《おり》のようなものもあった。

今すぐ回れ右をしたくなる気分だったが、よく考えれば…。

「なぁ、まさか…俺が、今からこの……」

絶対そういうことだろう。

「あぁ。悪いけどそうなんだ。でも安心して。ここは僕だけの実験室だから、他の誰も入ってこないし、撮影した動画を見せたりもしないから」

それを聞いて安心したが…。

「でも…あの、この…いかがわしい装置は、全部虎太郎が開発したのか？」

「いや違うよ。ほとんどは事業部が開発した既存商品なんだ。で、僕が作った試作品はこれ」

腰くらいの高さで、直径二メートルほどの丸みを帯びたシルエットの寝台が、実験室中央に置かれている。

全体の色はシルバーだから手術台にも見えたが、寝台の上は平らではなく頭部や尻にあたる部分が曲線になっていて、素材もやわらかいものが使用されていた。

だがその頭部と足の部分には黒い革ベルトが二つずつついていて、寝台の中心あたりには腰を固定するためのベルトもある。

すぐに想像がつくが、おそらく手足をベルトで縛って、寝台の上に拘束するためだろう。

「すごいんだよこれ。実はこの機械には仕掛けがあって、腰を乗せている寝台の中央部分から下の、両足を乗せている台が割れて左右に開いていくんだ」

「え？　それって、外側に広がっていくってこと？」

でも…そんなことをしたら、両足が広がってしまうんじゃないのか？

すでに未央には、いやな予感しかなかったが、それを聞いて腰が疼いてしまった。

「まぁね。それは乗ってからのお愉《たの》しみってことだよ」

不安を抱えた未央が寝台の仕組みを検証している間に、虎太郎は白衣を羽織って周囲に撮影カメラを設置し始めた。

また…録画されるんだ。

そう思うと、憂鬱と興奮の両方が腹の底からじわじわ湧いてくる。

さらに床に置かれた加湿器のようなものから白いミストが噴き出して、とてもいい香りが漂い始めた。

「麝香《じゃこう》だよ。これにはリラックス効果があるんだ。じゃあまず未央さん、裸になって」

さらっと簡単に命じられるが、毎回、脱ぐ時は気が進まなくてもたついてしまう。

「手伝おうか？」

「いらないよ！」

そんなことをされたら、もっと恥ずかしい。

全裸になったところでモジモジしていると、虎太郎がいたって平静なまま未央を寝台の上に導いて寝かせた。

「あ…この素材、寝転がったらよくわかるけど、思った以上にやわらかいんだな」

優しい曲線を描く寝台は、まるで形状記憶マットのように体重を優しく受け止めてくれる。

だがそんな柔軟な素材だからこそ、寝台の形状が変わる仕掛けがあるのだろう。

「はい、じゃあ今度はバンザイしてくれる？　足は真っすぐ伸ばしてね」

数字の『1』のように身体を伸ばした状態で、虎太郎は未央の両手両足を先ほど見た黒いベルトに固定してしまった。

さらにもう一つ、腰にもベルトが巻かれてしまい、身体の中心までもが拘束される。

「あ～、やっぱりすごい…未央さんこれ、想像以上にやらしい眺めだ」

全裸でシルバーの寝台の上に縛られただけで、もう興奮で肌が熱くなってしまう。

最近、自分は変態なのか、変態に仕込まれているのかわからなくなっている。

「準備はこれで完了だよ。じゃあ、実験を始めよう」

あっさり告げられると、未央は大きく喉を鳴らしてしまった。

虎太郎が壁に設置されたリモコンスイッチを押すと、

「あっ！」

いきなり寝台の腰から下、両足を乗せている部分が真ん中から割れて左右に広がり始める。

頭上で縛られた両手はそのままで、両足だけが徐々に左右に開いていき…。

「ふふ、すごいね。未央さん、この装置の名前は『ダ・ヴィンチの人体模型』っていうんだ。いいだろう？」

虎太郎の説明を聞いた瞬間、未央も思い出した。

学生時代、美術の教科書に掲載されていた、誰でも一度は目にしたことのあるダ・ヴィンチの名画。

まさにあの動きのごとく、円を描くようにして徐々に両足が広がっていって、未央は思わず抗議の声をあげる。

「ちょ、待って。いやっ、いきなりこんな…恥ずかしいよ。もぉ止めてっ…これ以上、広げないで」

必死の懇願もあっさり聞き流した虎太郎は、無残に開かれていく足の間に移動してしまう。

「ふふふ。すごいね。あぁ、未央さんのあそこがよぉく見える。やっぱり綺麗な色だ」

やがて、両足が最大限に広げられた時点で装置が停止した。

「やぁ…見ないで、こんな…ひどい。お願い、見ないでぇ……ぇ」

全裸で縛られた自分に対し、虎太郎が白衣を着ていることがよけいにいたたまれない。

「この格好が、そんなに恥ずかしいの？」

今の未央の状態をたとえるなら、今度は『人』という字のような格好だったが、仕掛けはそれだけではなかった。

虎太郎がリモコンを操作すると、未央を乗せた台が少しずつ傾いていく。

腰を中心に頭部が上に傾斜し、足下が下がっていく。

やがて未央を縛りつけた台は、三十度のゆるい傾斜角で停止した。

「ぁ…ぁぁ、なに？　なんで？」

寝台はわずかに斜めになってしまったが、未央の腰に巻かれたベルトのお陰で、両手両足のベルトへの加重はほとんどない。

ところが、寝台の形状変化はそれでは終わらなかった。

未央の両足を乗せているそれぞれの台が、膝を立てるような形に折れ曲がっていき…。

「あ、ぁぁ！　いやだ。こんな格好、恥ずかしい…お願い、やめてぇ…」

尻の孔を明け渡すような格好で、未央は両足をMの形に広げられてしまった。

「実はね、この寝台の形状は産婦人科にある診察台を模して作ってみたんだ」

「診察…台…?」

実際、未央の股間は余すところなくさらけ出された格好で、さらに後孔は少し上向き加減に固定されているから、相手の好きにされ放題といったところだ。

「そうだよ。だから今から未央さんのここ、存分にいじめて可愛がってあげられる。さぁ、今日はいつもと順番を変えて、先にお尻から診察させてもらおうかな」

「し、診察って…なんだよ。やだっ…て」

虎太郎は、いつの間にか手にしていたピンクのジェル入りのビーカーを、剝き出しの小さな孔めがけて一気に垂らす。

「あぁっ、やっ! なに、これ…なに?」

「心配ないよ。これは合法の催淫剤が入ったジェルなんだ。身体に無害なのに、とっても強力で気持ちよくなれる」

その言葉を証明するように、ジェルを垂らされた部分にすでにチリチリとした刺激がある。

「どう? いい感じ?」

「あふっ…うん」

虎太郎は左手を伸ばし、ジェルにまみれた袋をやわらかく揉みながら、さらに右手の中指で蕾の周囲をクルクル円を描くようにいじり始める。

「ぁ…は、そこ。も…揉んじゃ…だめぇ…」

「ねぇ、今日は拘束具以外のおもちゃは使わないから、未央さんの可愛くて色っぽい喘ぎをたくさん聞かせて欲しいんだ」

「そんなの、い…つも聞かせてるだろ！　あっ…ふ…ぅ」

乾いた唇を濡らそうとして舌で舐めると、虎太郎の視線がそこに絡みついてくる。

「そうだね。でも今日は特別に可愛いのがいいんだ。いやとかダメとかじゃなくて、この可愛い唇でアンアン言って欲しいんだよ。わざとらしいくらい色っぽく喘いで。いいでしょう？　今夜は僕たちが両想いになった記念の日なんだから」

ぶじゅっ…という淫音がして、孔の縁にかかった指が中に潜り込んでくる。

「あぁ…っ。ダメっ…そ…な。いきなりそんな…とこ、だめぇ」

「ほら、可愛く喘いでって言ったの忘れた？　さぁ」

おもちゃはなくても、手足を縛られた状態でアンアン喘ぐなんて、かなり恥ずかしい。

今日は羞恥を煽る目的なのかも…と気づいたが、自分から実験を受けると断言した立場上、逆らえないし責任も感じている。

それに、まぁ正直…こういう新しい責められ方もちょっと面白そうで悪くない。

「おまえっ…ホント変態だよな」

「それは未央さんもでしょ？　ね、言うこと聞いて。それに本当は嬉しいくせに。目が輝いてるからわかるんだ」

どうやら、本心が顔に出てしまっているみたいだ。

「わ、わかったよ。なら…頑張ってみるけど。超絶恥ずかしいんだからな！」

きっと虎太郎は、それこそが狙いなのだろう。

「そうだね恥ずかしいね。こんなに足を広げてあそこを丸出しにされてたら恥ずかしいに決まってる。それに今から僕に嬲られ放題だしさ…ふふっ」

「おまえっ…あんまり好きなことばっか言うなって。覚えてろよ馬鹿！」

虎太郎の、こういう上から目線な態度がちょっとしゃくに障る。

「本当に口が悪い…そういうのも好きだけどね。でも今日はちょっと趣向を変えてるでしょう？　いつもは先に乳首をうんと食べてからなのに順番が違うと変？　乳首からがいい？」

乳首乳首…と連呼されるだけで、胸の上の赤い粒がグンとそそり立っていく。

虎太郎の指で弾いたり揉んだり、口で吸って噛んでもらったり…いっぱいいじめて欲しくてたまらないのに…。

「ふ…ぁん！　指…が、中にっ、あぁぁ…なに？　変、変っ！　中、熱い…あっついよ…」

「でも気持ちいいでしょう？　ほら、もっと可愛くアンアン啼いてみせて」

ついに催淫ジェルに濡れた指が奥まで挿入されてしまい、肉の襞を闇雲に掻きまわして責めてくる。

「あ、ぁん。中…ぃぃ。ピリピリって刺激が、気持ちぃ…もっと入れて、奥まで…して…は、あ、ぁ……ふぁ。あぁ…ん」

前立腺を狙い打ちされると、頭をもたげた雄茎の鈴口から、ドロリと粘着質な蜜があふれ出す。

限界まで広げられた腿《もも》の内側の筋が、快感でピクピク震えてしまうのを止められなかった。

「いいねそれ…可愛い。未央さん見て、指だけでこの中、もうグチャグチャになってるよ」

いい気になった虎太郎は雄茎を扱きながら、蜜にまみれた孔を三本に増やした指で嬲り倒す。

あまりの快感に、カエルの標本のごとく縛られた未央の手足がガクガク震えた。

「いや、いやぁ…ん。グチャグチャとか…言わな…ぃで。あふっ！　ぁあん、は…ぁん」

全身の毛穴が開ききって、そこから一気に甘い匂いの汗が噴き出してくる。

「お願い…ぁ、ぁうん、いやぁ…あぁ、あんっ…もぉ、お願い。だめぇ…」

「可愛い未央さん、アンアン上手に喘げたご褒美に、乳首を嬲ってあげる」

そう言った虎太郎はいきなり股間から手を引いてしまい、未央は愕然と目を見張った。

「やだ、どうして？　なぁ、もうイかせて、お願い、イかせてぇ…指、抜かないでぇ！」

「未央さん、順番だからもう少し待ってね。今度は乳首を可愛がってあげるから」

虎太郎は緩慢な動作でジーンズのファスナーを下げ、完全に勃起したペニスを摑み出す。

そのまま腰を折って、未央の上に覆いかぶさるようにして身体を重ねた。

「未央さん可愛い…好きだ。好きだよ…」

「あぁ…虎太郎。うん、うん…俺も好き。大好き…だから、お願い。乳首、吸って」

「乳首だけでいいの?」

「やだ、おまえのデカいの、挿れて。俺の中に…それから、吸いながら…強く突いて。どっちも、いっぱいいしてぇ」

「可愛いよ。おねだりも上手になったね。いい子…じゃあ順番だから次は乳首を可愛がってあげる」

そう言うと、虎太郎は両方の乳首をわざと乱暴にピン…っと、つま弾《び》いてしまう。

「はぁぁ…ん! ぁあん…ぃい、乳首、ぃい…もっと、して。ぁあぁあ、ぁふ…ん」

何度も繰り返されると、未央は涙とよだれを垂らしながら喘ぎ狂い、最後にはご褒美に乳首を吸ってと何度もねだらされた。

「ぁ…はぁん。いい…吸われるの、好き…すっごく、ぃいよぉ。気持ち…いい、あぁぁ、噛まれ…てる。俺の、乳首、いっぱい噛まれて…るぅ…ぁ、ぁあん。はぁ…ぁ」

「未央さん、今度はもう僕がヤバイから、そろそろ挿れるよ」

「早く、早く挿れて。乳首…吸いながら、いっぱい突いて」

虎太郎は濡れた後孔に勃起しきったペニスの先端を突き立てると、腰をグッと突き出す。

「ぁあっ! っ…はぁ…ん。ぃ…いぃ、挿ってくる。硬いのが…中に、ぁぁ…気持ちぃ…」

乳首を吸いながらも、虎太郎は器用に腰をグイグイと進めてくる。

やわらかい肉襞は、凶器のごとく硬く張り出したエラに刮がれ、あまりに強烈な快感で未央の喉がヒクヒクと震えた。

「ぁぁん、乳首、いい。アソコも、どっちも…ぃぃ…気持ち、いい…」

虎太郎は大きな動きで、開ききった身体を壊すほど強く腰を打ちつけ、未央を快感の坩堝《るつぼ》に落とし込む。

かと思うと今度は浅い位置で腰を揺すって焦らし、次は一気に深く押し挿って奥ばかりを短いストロークで突きまくる。

「あぁぁ！　…はぁ…ん、ひ…ぃ。いい…ぁぁん…ぃぃ、死ぬ…死んじゃっ…ぁぁ、ぁん」

「未央さん、好きだよ。本当にあなたが好き、愛してる」

「俺も…好き。虎太郎が…好きだ。大好き……」

あまりの快感で未央の襞が絞るようにギュッと蠕動して、硬い竿を蠢きながら締めつける。

「未央さんっ…っ、く」

まぶたの裏がちかちかしたとたん、ほぼ同時に二人は絶頂を迎えた。

「あのな虎太郎、今日は、なんでおもちゃを使って実験しなかったんだ？　あの台もさ、他

にもいろんな機能があるんだろう？」

二人は二度愛し合ったあと、研究室の隣にある居室のソファーでくつろいでいた。すでにシャワーも浴びて、着替えもすませている。

「ん～、なんか今日はそういう気分じゃなかったんだ。他の大型装置を使った実験は、今度お願いするよ。今日はなんだか、可愛い未央さんをたくさん堪能したかったんだよ」

「ふぅん…まぁ、別にいいけど」

実は少しだけ物足りなかったが、今日は虎太郎に本当に愛された気がしていた。

「あの、今さらだけど…一応、確認しておきたいんだ」

「なに？　改まって」

「未央さんは…これからの人生…永遠に僕だけのもの、ってことでいいんだね？」

「え？　うんまぁ、そうだよ」

今さらそういうことを訊かれるのは、すごく恥ずかしい。

さっきの変な診察台も恥ずかしいけれど、こういう方がもっと恥ずかしい。

「よかった。これでやっと長年の夢が叶《かな》って、未央さんが僕のものになったんだ。はあ～、嬉しいなぁ、本当の幸せってこういうことを言うんだな。僕は世界一の幸せ者だよ」

感慨深げに虎太郎がつぶやくと、未央も負けじと言い返す。

「馬鹿、それはこっちのセリフだって。俺の方が断然幸せだって」

「そんなことない、僕の方が幸せだって」

何度か馬鹿っぽいやりとりを繰り返したあと、二人はそんなのどっちでもいいやと思い直して笑った。

家族になろうよ

CHARADE BUNKO

二人がめでたく両想《りょうおも》いになった翌日から、虎太郎《こたろう》はある意味変わった。

その変化が、いいのか悪いのかは別として…。

「おはよう未央《みお》さん。あ、今朝《けさ》は焼き鮭《じゃけ》とナメコの味噌汁《みそしる》だね！　美味《おい》しそう」

毎朝、五時半に起きて仕込みを始める未央だから、朝食の味は格別だった。

料理上手だった祖母直伝の味噌汁は文句なしにうまい。

「あのさ、できればでいいんだけど…だし巻き卵も食べたいかも。作って欲しいなぁ」

料理が好きで、誰かの腹を満たしてあげることが至福の未央だから、食べたいと要求されたらもちろん作るが…。

「わかったから。作るからさぁ、いい加減、背中から離れてくれないか？」

絞め技の一歩手前の強さで背後から抱きつかれ、耳のうしろで延々会話されると朝から妙な気になってしまう。

「無理だよ。だってこんないい天気で幸せな朝なんだから、未央さんとくっついてたい」

「まぁな。それは俺だって同じだけどさ…これじゃ卵が焼きにくいし。火傷《やけど》するぞ？」

「未央さ～ん。なんでそんなに冷たいのかな？　僕に抱きしめられるの、いやなの？」

言いがかりレベルの文句をつけながら、懲りずにこめかみや頬に何度もキスしてくる。

もし今の状況を誰かが見たら、甘ったるさに大量の砂を吐くに違いない。

最近の虎太郎は本当に甘えん坊モード全開で、仕事から帰るとずっと未央にベッタリ。

もちろん夜の営みもほぼ毎日で、基本的にはノーマルなセックスで翻弄される。

「あ〜いい匂い。卵焼きの匂いって、なんでこんな幸せな匂いなんだろうね？」

四角いフライパンの上で薄く焼いた卵を器用に折りたたんでいき、黄金色のだし巻き卵が完成した。

「ほら、できたぞ。冷めないうちに一緒に食べよ！」

なんとか大きな身体《からだ》を引きはがして食卓につき、両手を合わせる。

「いただきます！」

その後は圧巻の食いっぷりで料理を平らげていく虎太郎だが、それを見ていると未央は本当に幸せを感じる。

美味しい美味しいと連呼する彼は素直で純粋で…毎日毎晩、好きだの愛してるだの言われて究極の幸福を味わっていた。

となると未央は当然、日に日に虎太郎への好きが増す一方。

それでも彼は相変わらず、仕事以外では真のヘタレっぷりを遺憾なく発揮してくれている。

一見するとそういったマイナス要因も、どうにも未央の母性本能をくすぐるようだ。

「未央さん、行ってきますのチューしよう！」

出勤前、スーツに着替えた虎太郎は、本当にどこから見ても仕事のできるナイスガイで、きっと女性にもモテるだろう。

なのに…行ってきますのチューだの、お帰りのチューだのを頻繁に求めてきて、未央もほとほと困っている。

「ほら、早くしてくれる？」

「え…いや、だって。朝、起きた時にもその…しただろ？　早く行かないと遅刻するぞ」

「いやだ。未央さんがチューしてくれないと、元気が出ないし行く気にならない！」

駄々をこねる姿が馬鹿っぽいのに可愛《かわい》くて、キスぐらいお安いご用なのに、未央は毎朝わざと意地悪をしてしまう。

「しょうがないなぁ。ほら、虎太郎…」

背の高い幼なじみにキスをするため、つま先立って背伸びをした。

「ん～」

軽いリップ音を鳴らしてキスをするのは、まだまだ慣れなくて気恥ずかしい。

「あ～、僕って本当に幸せ者だなぁ。じゃ、出張に行ってきます。未央さん、絶対に浮気しないで」

「するわけないだろ！　虎太郎、気をつけてな」

たとえ究極のヘタレでも、仕事熱心で常にポジティブ思考で、そして優しい虎太郎。

そんな彼に長い間想われてきたのだと思い知らされる毎日は幸せで、そして少しだけ怖かった。

そう…ほんの少しだけ、未央は怖い。

怖くなるほど幸せ…という言葉があるが、まさにそんな心境を実感している。

いつか、この幸福な日常が予告なく崩れ去る日がくるのではないか…？

という漠然とした不安が、時折、未央の感情を呪縛《じゅばく》する時があったからだ。

その日、仕事で一泊二日の大阪《おおさか》出張を命じられた虎太郎は、いつもの朝より少し早く出かけていった。

未央は明日の日曜の午前中に、祖父が世話になっている介護施設まで、月一回の面会に行く予定になっている。

認知症の祖父は未央が孫だということをすでに認識できないが、誰かが会いに来ることを素直に喜んでくれていた。

施設に行けばいつも祖父と一緒に手作り弁当を昼に食べるのだが、祖父もとても楽しみにしてくれるから、未央は今朝から気合いを入れておかずを作っている。

記憶はなくても、祖母の料理の味はちゃんと覚えているのだと思うと嬉《うれ》しくて、弁当作りにも力が入った。

ただ、いつも思うことは…。

一度だけでいいから奇跡が起こって、祖父に自分が孫の未央だということを思い出して欲しかった。

医師に訊《き》いてみても、そんなことは非常に難しいと言われてはいるのだが…。

煮物の食材を切っていると、ダシを取るために最も重要な鰹節《かつおぶし》が切れていることに気づいた。

「うわ、しまった。鰹節がないと味が締まらないからな」

未央はいったん手を止めて、急いで買い物に出ることにした。

最寄《もよ》り駅から二駅。

目当ての土佐《とさ》の鰹節を扱っているデパートがある駅で降りた時のことだった。

この近くに虎太郎が勤務する会社があるのは未央も知っていたが、偶然にも本人に遭遇するなんてことは考えてもみなかった。

「あれ？」

今朝持って出たキャスターつきトランクを転がしている虎太郎は、なんだか家でのヘタレた彼とは雰囲気がまったく違う。

なんと言うのか、仕事モードの引き締まった表情をしていて驚いた。

だが未央はそんなことより、虎太郎の隣を一緒に歩く女性を目にして足を止めてしまう。

決して華美ではなくかといって質素でもなく、洒落《しゃれ》たスーツを上品に着こなしている綺麗《きれい》な女性。

背の高い虎太郎と並んでも遜色がない、女性にしては長身で、だから二人はやけに目立っている。

こうして少し離れたところから客観的に見ると虎太郎は本当にハンサムで、隣の女性も美人だから本当にお似合いだった。

視線の先にいる今の虎太郎は、未央にとっては知らない人物のように目に映って…。

自分の中ではずっと昔のままのヘタレでダメな男のイメージだった虎太郎も、すでに未央のよく知る人物じゃないのだと視覚で思い知った。

「虎太郎…」

今日は出勤したあと、泊まりで大阪出張に向かうと言っていたから、おそらく隣の女性と一緒の仕事なのだろう。

二人の間に、決して妙な雰囲気や馴《な》れ馴れしい様子はない。

その点は一切ないと言いきれるけれど、やっぱり恋は盲目…未央は少なからずショックを受けて不信感を持ってしまった。

正直なところ、今の感情は不信感とは少しだけ違う。

いわゆる嫉妬《しっと》に似た感情で、それに気づいた時、未央は自分が思っている以上に虎太郎を好きだということを自覚した。

そうなると、いらぬ心配が生まれてきてしまい、言葉にできない複雑な感情に心が支配されて気持ちが沈んでいく。

今の未央は、虎太郎が女性と歩いている姿に拒否反応を起こしているようだった。

度量の狭い自分の心が馬鹿らしくて、いやになってしまう。

やがて二人の姿が駅の改札に消えていくと、未央はさらなる深い沼に沈んでいく。

「虎太郎は俺を好きだと言ってくれるけど、やっぱり隣に綺麗な女性が並んでる姿はお似合いだった」

すっかりネガティブモードに入って、泣きそうになってくる。

「はぁ…ダメだ。さっさと買い物をすませて帰ろう…」

未央は結局、その日の夜は一睡もできなかった。


翌、日曜日の昼過ぎのこと。

予定どおりの時間に大阪出張から帰宅した虎太郎を、未央が出迎えた。

「ただいま未央さん！　一日家を空けてごめんね。はい、これがお土産《みやげ》」

「お帰り。疲れただろう？　お茶でもいれるよ」

明るい顔を取り繕って土産を受け取るが、顔色の悪い未央にめざとく気づいた虎太郎は、すぐに心配してくれる。

「待って未央さん、どうしたの？　顔色悪い…それに目も赤いね？　なにかあった？」

未央はしばらく黙っていたが、優しく問いつめられると、昨日、虎太郎と女性を偶然見かけたことを白状した。

「あれは営業部の係長だよ。相手先に商談に行っても僕は技術的なことしかわからないから、契約の詳細を決めてくれる係長が一緒だったんだ」

虎太郎の説明にも納得できるし、表情にも疑う余地はない。

「わかってるよ。ただ…あの綺麗な人と虎太郎があんまりお似合いだったから…」

視線を泳がせてうつむく様子を見て、虎太郎は逆に不敵に笑って未央を抱きしめた。

「なにこれ…なんか、こんなに嫉妬してくれるなんて正直驚いたな。でも本当に嬉しい。それだけ未央さんが僕を好きだって証明してるんだからね？」

虎太郎の胸は広くて厚くてあったかくて、なんだか安心する。

髪を優しく梳《す》いてくれる仕種も本当に心地いい。

「……なんか、悔しいけどおまえの言うとおりみたい。俺、そのくらい虎太郎のことを好きなんだ…」

「この際だから重ねて言っておくけど、僕は未央さんが世界一可愛いと思ってるんだからね。あの営業係長も美人で仕事もできるし憧れるけど、それでも僕にとっては未央さんがダントツの一番なんだよ。そこのところ絶対忘れないでよ」

高校の時も、虎太郎はいつも未央のことを可愛いと言ってはばからなかった。

それは今も変わらないらしいが、何度も言われると図に乗ってしまいそうになる。

「ねぇ、絶対忘れないでもらいたいんだけど、僕は今までも未央さんだけだったし、これからもずっと未央さん一筋なんだからね」

あまりに真摯な言葉で、先のことなんてわからないと思うけれども涙があふれてきた。

「わかってる。少し前の俺だったら信じなかったかもしれないけど、今は信じられるよ」

「そりゃそうだよ。嘘《うそ》なわけないんだから！　僕は高校の時に完璧にフラれてるのに、戻ってきておめおめとまた告ったんだよ。嘘なわけないだろう？　それだけ未央さんが好きなんだから」

「うん」

「はぁ…でも実際、未央さんに浮気を疑われたんだから、まだ僕の努力が足りないってことなんだろうね」

「いや、そんなことは…」

「ないって言いきれる？　実際、疑ったんでしょう？　違う？」

違わない、違わないけど…。

「そうじゃなくて。ちょっとさ…申し訳ないっていうか…」

煮えきらない態度の未央に虎太郎も言葉が少しキツくなってしまう。

「なに？　もう、はっきり言ってくれていいよ」

「だからその…今さらだけど、本当に男の俺でいいのかなって少し考えてしまって」

「は？　そんなの今さらだろう？　ていうか、最初に未央さんを好きになったのは僕の方だからね！　それを言ったら僕の方が申し訳なく思わなきゃいけないよ」

「そうか。それもそうだな…」

ようやく未央が破顔する。

「いい？　僕はもう、未央さんしかいらない」

永遠に彼を信じていいのだと思うと、胸の奥と目の奥が同時に熱くなってくる。

「ちょ、え？　未央さん、なんでここで泣くんだよ？　ねぇ！」

おろおろする虎太郎は、未央の両肩を摑《つか》んで顔をのぞき込んだ。

「ごめん。ちょっと…変だ俺……でも、虎太郎が本当に俺を好きで嬉しい」

「そうだよ。言ってるじゃない。ずっと…大好きだよ」

泣いている未央をもう一度、優しい抱擁で包み込んだ。

虎太郎の胸はとても温かくて本当に安心できる。

しばらく未央が落ち着くのを待っていると、絶妙なタイミングで虎太郎のお腹《なか》が鳴った。

「うわ…ごめん。いい雰囲気だったのに、ぶちこわしだよ」

「確かに…ははは」

顔を見合わせて二人して笑う。

「未央さんあの…安心したら、急にお腹が空いてきたみたい」

「あ、俺もだ…」

なにか食べるものがあったかな…と考えた未央は、昨日から祖父のために作っていた折りづめ弁当のことを思い出したが…。

それと同時に、大事な約束を忘れていたことに気づいてしまった。

「あ…！　っ………どうしよう…」

「……え？　なに、未央さん？」

「俺、今日の午前中、じいちゃんの面会に行くはずだったのに…」

未央が時計を見たまさにその時、電話が鳴った。

「はい」

それは案の定、祖父の介護施設からだったが…ひとしきり話を聞いたあと、未央は顔色を変えて虎太郎に泣きつく。

「どうしよう…じいちゃんが、いなくなったって」

「え？　でも、そんな簡単に施設から抜け出せる？」

「それが……今朝、施設に面会に来た人が降りたタクシーにじいちゃんが乗って、そのまま施設を抜け出したみたいで、今は行方《ゆくえ》がわからなくなってるって」

施設の人も何人かで探してくれているらしいが、この家に戻ってきていないかと訊かれた。

「どうしよう。どうしよう…俺のせいだ。俺が面会を忘れていたせいで…じいちゃんが…」

未央はすっかり動揺してパニックを起こしている。

「未央さん、ちょっと…落ち着いて」

「だって！　虎太郎も何度か面会したからわかるだろう？　じいちゃんは俺のことも自分のこともわからないんだ。行方不明になったら、一生帰ってこられないかもしれない」

「未央さん。未央さん！　しっかりして。大丈夫だよ。おじいさんが行きそうな場所を、僕が今から探しに行ってくるから」

「俺も一緒に行くよ！」

「聞いて、未央さん」

完全に動揺している未央を、虎太郎はとにかく落ち着かせる。

「あなたは家にいて。だっておじいさんは、ここに帰ってくるかもしれないでしょう？」

「そんなのあり得ない。だって、俺のこともわからないのに家なんて覚えてないよ」

「それでも、とりあえず未央さんは家にいて。いいね。それから、もし施設から見つかったって連絡があったら、すぐ僕に教えて」

渋る未央を残して、虎太郎はまず最寄り駅に向かった。

その道程で隈無《くまな》く周囲を見渡し、駅に着くと構内の端から端まで、トイレの中まで探す。

でも見つからなくて、今度はバス停をいくつかまわってみるがやはり結果は同じ。

三時間ほど街を必死で駆けずりまわってから、いったん、駅前に戻ってきて息を整える。

「見つからない…どうしよう。どこに行ったんだろうか？　あぁ…こんなふうに闇雲に探してたら時間の無駄だな。もっと冷静になって考えないと。未央のおじいさんが行きそうな場所…」

懸命に思考を巡らせながら空を仰《あお》ぐと、すでに陽《ひ》は傾いていて…。

「急がないと、暗くなったら危険だ」

その瞬間、虎太郎の脳裏に唐突に閃いたのは、二人が子供の頃からよく一緒に遊んでいた近くの公園。

夕方になると、心配した未央の祖父がいつも二人を迎えに来てくれていた。

空はすでに夕焼け色に変わっていて、この空から連想するならそこしか思いつかなかった。

虎太郎はベンチから立ちあがると、公園に向かって駆け出していった。

全力疾走で自宅近くの公園まで戻ってくると、そのまま園内に入っていく。

噴水がある広場まで行くと……。

ベンチの近くでウロウロしている背の高い老人の姿を見つけた。

それは間違いなく未央の祖父で、見つけた瞬間、虎太郎は安堵《あんど》で一気に足の力が抜ける。

「あぁ、よかった」

だが老人は、まるで失くし物を探すようにあたりを歩きまわっているが……いったいなにを探しているのだろう？

相手を怖がらせないようゆっくり歩み寄っていくと、未央の祖父は虎太郎に気づいて振り返った。

「……おじいさん、こんばんは」

やわらかい声で礼儀正しくあいさつすると、相手から不思議な反応がある。

「おまえ、虎太郎じゃないか。もう遅いぞ。早く家に帰らないと」

「え……？」

驚きで二の句が継げない。

「ところで、未央はどうした？　今日も一緒に遊んでたんだろう？　どこにおる？　もうすぐ陽が暮れるぞ」

未央の祖父は虎太郎のことを、正しく認識していた。

だがどういうわけか、幼少の虎太郎が見えているらしい。

子供の頃、共働きで帰宅が遅い未央の両親に代わって、未央の祖父がいつも二人を迎えに来てくれていた。

だから、虎太郎は相手のペースに合わせることにする。

「あの…未央さんはさっき、おじいさんと入れ違いで先に戻ったんだ。きっともう家に着く頃だよ。だから僕と一緒にうちに帰ろう」

「ほぉ、そうか。未央はもう家に帰ってるのか？　そうか、そうか…」

安心したようにうなずく未央の祖父と一緒に、虎太郎は家路につく。

その道すがら、祖父が見つかって家に連れて帰ることを施設に伝えておいた。

やがて未央の祖父は一軒の古い民家の前で立ち止まると、迷いなく門を入って玄関を開ける。

意外なことに、未央の祖父は自宅までの道を完璧に覚えていた。

「帰ったぞ。未央、先に戻ってたのか？」

玄関扉を引くと、廊下の奥から血相を変えた未央が駆けつけてくる。

「じいちゃん、じいちゃん！　あぁ…よかった！」

「未央、おまえ一人で先に帰ったんだってな？　虎太郎に聞いたぞ」

「……え！」

久しぶりに祖父の声で名前を呼ばれたことで、未央は呼吸を止めてしまう。

「……あ…あの…じいちゃん？」

「心配したぞ。さぁ、手を洗ってこい。ばあさんにメシにしてもらおうか」

しっかりした足取りで台所に向かう祖父を呆然《ぼうぜん》と見ている未央だったが、説明を求めるように虎太郎に視線を移す。

「うん。あの…理由はわからないけど、おじいさん…僕のことも認識しているみたい。ただ僕も未央さんも、今のおじいさんにとって小学生に見えてるみたいだ」

「……そっか。そうなんだ？　あ、だったら…まずい！　じいちゃん」

案の定、祖父は台所で祖母の姿を探していて、それを見ると本当に切なくなってしまう。

「じいちゃん。あの…」

そして昨日、未央が作りかけていた折りづめ弁当を見つけて、蓋を開けた。

「これは、ばあさんが作った弁当か？　わしの好物ばかりが入っておるな」

未央は祖母から料理を習ったから、もちろん祖父が好きなものが詰めてある。

「あの、じいちゃん。今日はさ、ばあちゃん…千鶴を連れて近所の花江《はなえ》さんたちと温泉旅行に行ってるんだよ。忘れてた？　だからお弁当を作ってくれてるんだ。ほら、さっそく食べようか」

とっさの機転で上手く話を組み立ててみたが…。

「あぁ、そうじゃったかな?」

祖父はそれを信じてくれたようで未央は安堵し、それから虎太郎も一緒に夕飯にした。夜は風呂《ふろ》に入って、それから三人で花札をして遊んで…。

未央は狐《きつね》につままれているような心境だったが、まるで時間が昔に戻ったようで本当に嬉しかった。

この奇跡的な状況が明日も続くかは不明だが、今だけでも祖父との時間を大事にしたいと考えた。

夜の十一時になると、祖父は迷いなく自分の部屋に向かっていって布団を敷き、未央を驚かせた。

いつもの習慣だったこともちゃんと覚えているようで、未央はその枕元に正座をする。寝る前には必ず、祖父母におやすみなさいのあいさつをするのが習慣だったからだ。

「未央…おまえ、どうしてまだ日本にいるんだ?　アメリカに行ってもいいんだぞ」

急に話が飛躍して、未央はまたしても驚く。

「え?　アメリカって…どういう…こと?」

今度はどうやら、目の前の祖父は、今現在の未央を認識しているらしい。

「おまえは子供の頃からずっとアメリカで働きたいと話しておったろう？　わしが施設におるから、おまえは日本を出られないんじゃないのか？」

唐突なその言葉があまりに切なくて、泣きたくなってしまう。

「馬鹿だなじいちゃん、そんなこと気にしてたの？　違うよ、俺、本当に日本が好きなんだ。だから勘違いしないで。俺は自分の意思でここにいるんだ。それに、この家が大好きだってこと忘れないでよ」

祖父の前で泣いてしまわないよう、目を伏せながらもはっきり答えると、祖父は本当に安堵したように、そして嬉しそうに何度もうなずいた。

「そうか、そうか。ありがとうな。未央はわしの宝もんだ」

「うん、ありがとう。じいちゃだって、ずっと俺の大事なじいちゃんだからな」

おやすみと告げてふすまを閉めて、未央は泣いた。

その肩を、虎太郎はずっと抱きしめていてくれた。

翌朝、会社を休んだ虎太郎と未央は祖父を車に乗せて施設に向かった。

「ねぇ未央さん、これから時々、おじいさんを連れて家に帰ってこようよ」

今まで一時帰宅が許可されなかったのは、祖父が徘徊《はいかい》したり暴れることがあるからで、未央一人では事が起こっても対処できないと施設が判断していたからだ。

でも虎太郎が一緒に家にいてくれるなら、その限りではないだろう。

これからは、少しでもこの家で祖父と一緒に過ごしたい。

たとえ祖父がまた自分を忘れたとしてもかまわないから、時々は家に連れて帰ってごはんを作ってあげたかった。

「じいちゃん、着いたよ」

施設の門の前で車を止めると、二人はチャイムを鳴らした。

園長となじみの看護師さんが駆けつけてくれる。

「樫井《かしい》さん、お帰りなさい！」

「あの、園長さん…昨日は本当にすみません。お騒がせしました」

自分が午前中に施設を訪問することを忘れなければ、祖父はここから脱走することもなかっただろう。

だがそのお陰で、未央は大切な思い出を作ることができた。

未央は二人に丁寧に謝罪する。

「見つかってよかったわ。本当に心配したのよ」

看護師さんも安堵の表情を浮かべていたが、祖父はふと立ち止まって振り返った。

「虎太郎……未央を頼んだぞ」

どうして祖父がそんなことを言ったのかは不明だったが、おそらく未央を心配してのことだろう。

だが、なぜか虎太郎はひどく恐縮して、直立不動になって深々と頭を下げる。

「はい！　もちろんです。絶対、必ず僕が…本当に、一生大切にします」

なんだか日本語になっていないし、とんちんかんとも取れる返事だったのに、なぜか祖父は嬉しそうに何度もうなずいた。

「さぁ、お部屋に戻りましょうね」

看護師が祖父の肩を撫《な》で、手を引いて導く。

「じいちゃん、またうちに帰ってきてな。俺、いつでもごはん、作るから」

もう一度振り返った祖父は、未央を見てから首を傾《かし》げた。

「あんた、誰じゃったかな？」

祖父はまた記憶を失っていたが、それでも未央は嬉しかった。

何度でも忘れていい。それでも時々は、あの家で一緒に過ごせるようになるなら。

また思い出してもらえばいいんだから。

昨日は、本当に素晴らしい思い出ができて嬉しかった。

その夜のことだ。

「未央さん、僕たち…もうすぐ一緒に暮らし始めて一年になるよね。だからちょっと話があるんだ」

すっかり秋の風が吹き始めた縁側に座る未央の隣に、虎太郎が並んで腰かける。

秋の虫がいい声で鳴いていて、丸い月が綺麗だった。

「あのさぁ……」

彼が話すより先に、未央はなんだか言いにくそうに切り出す。

「ん？」

「俺…ごめんな。昨日、ちょっとおかしくなってて。変だっただろ？」

ありもしない想像で勝手に虎太郎に嫉妬してつらくなって、祖父の面会を忘れてパニックになった情けない自分。

「ううん。変なんかじゃなかったよ」

「それから、ありがとうな。一番先にじいちゃんを見つけてくれて」

「どういたしまして」

なんとなく浮かない笑顔の未央を見て、虎太郎は首を傾げた。

「あの…訊いていいかな？　僕は昨日も未央さんを好きだって言ったし言われたし、それでもなんだか、まだ未央さんが寂しそうに見えるんだけど？」

「そんなこと、ないよ…」

めずらしく煮えきらない表情の未央。

「だめ、きちんと話して。僕は好きだって言ったよね？　未央さんが一番だって。これ以上なにが不安なの？　僕が不安にさせてる？　ちゃんとあなたが考えてることを、この場で隠さずに話して欲しいんだ」

「別に不安なんて…今はない。けど、ただ…これから先、どうなるかわからないんだろうなって思って…」

互いの将来がどうなるかなんて、結局は誰にもわからない。

このままずっと、虎太郎と一緒にいられるのかなんて…。

未央が不安なのは虎太郎の気持ちの変化だけじゃなく、自分自身のこともだ。

そして一番に心細いのは、男同士という今の二人の関係に、永遠を約束する証明みたいなもの…。

要するに、婚姻届のような誓約書が一切ないことだ。

「じゃあ、今度は僕が言うよ。ずっと伝えたくて、伝えられなかった言葉」

妙に改まった虎太郎に少しだけ違和感を覚え、未央は幼なじみの顔を神妙な顔つきで見あげた。

「……な、に？」

庭のコオロギと鈴虫が奏でる心地いい羽音が、優しく二人を包む。

「未央さん、僕と……結婚してください」

それは、想像もしなかった言葉だった。

「………………へ？」

おそらく虎太郎にとっては、超絶に緊張して告げた、一世一代の告白だったのだろう。

それなのに未央があまりに気の抜けた変な声を発したから、彼は一気に脱力してしまう。

「はぁ…。未央さん…その薄い反応はなに？　わかってる？　これ、れっきとしたプロポーズなんだけど」

すっかり気分を害した虎太郎に責められるが、まだ未央はわかっていないらしくて…。

「え？　えええっー！　プロポーズって…でも、だって俺…」

男だし…と言いかけて、あわてて口をつぐむ。

もう、そういうつまらない常識にこだわるのはやめた方がいいと、思い始めていたところだ。

「だって今日、未央さんのおじいさんにも結婚を認めてもらえたしね？」

……は？　え？　はぁぁぁ？

いったいいつ、祖父はそんな重大な事実を認めてくれたんだっけ？

未央は眉間に指先をあて、星空を仰いで考え込む。

「ちゃんと言ってたでしょう？　まさか忘れたの？　おじいさん『未央を頼む…』って言ったよ！」

「え？　あぁ。なに？　えっと。そのセリフのことなのか？　でも、それって…」

祖父が虎太郎に伝えた言葉は、未央と結婚してくれという意味では決してない気がするが…。

違うのだろうか？

もしかして、逆にわかってないのは自分の方？

「あの、未央さん」

虎太郎が、優しく手に触れてきて気づいた。

彼の手は、高校時代に初めて告白した時みたいに震えている。

「僕と…結婚してください。お願い…未央さん…」

だから未央は決心した。

ずっと不安だったのは、別に虎太郎と結婚がしたかったからではない。

それでも、二人の関係に『想い』以外の形で強い繋《つな》がりが持てることは、きっと自信にもなるだろう。

虎太郎となら近い将来、外国できちんと結婚したいと思える。

その気持ちは同じだった。

「うん…もちろんいいよ。俺、虎太郎のこと、奥さんにするよ」

だから未央は想いを込めて、真摯にそう答えたが…。

今度は逆に、奇天烈な返事が相手から返ってくる。

「へ？　はぁぁ？」

次は虎太郎が脱力する番だった。

「あの…未央さん、ちょっといいかな？」

なんだか異議を唱えたそうな勢いだったが。

「なんだよ？」

「いやだから…その…」

虎太郎が言いたいことは、『どっちが突っ込む側か』という事実だったが、嬉しそうな未央を見ていたらなにも言えなくなったようだ。

「いや…あぁ、うん。そうだな。そんなこと、もうどっちでもいいか」

実際、そんな些細《ささい》なことは、どうでもいいことに虎太郎は気づく。

「どっちでもいいって、なにが？」

「気にしないで、未央さんが僕のものになるなら、もうどっちでもいいんだ」

首を傾げる未央に、虎太郎は寛大に笑いかけた。

「でも虎太郎、日本では婚姻届って出せないんだよな？」

「そうだよ。でも、将来は欧米に移住して出してもいいんだ」

欧米には、同性婚を認めている国や州がいくつもある。

「そうだな。ふふっ、なんだかすっごく楽しみになってきた。虎太郎、これからもよろしくな！」

「こちらこそ」

二人はどちらからともなく額を合わせると、引き合うようにキスを交わす。

味わうように唇を重ね、啄《ついば》んでを繰り返していくうち、自然と口づけに熱中していく。

「ねぇ未央さん、してもいい？」

してもいい…というのは当然、セックスのことだろう。

この甘やかでロマンティックな雰囲気がブチ壊しな気もする未央だったが、それも自分たちらしいのかもしれないと考えた。

「うん。もちろん、してもいいよ…」

虎太郎が嬉しそうに微笑んだあと、少し申し訳なさそうにつけ加える。

「だったら、その。新しいの……ちょっとだけ使ってもいいかな？」

新しいの…というのは、虎太郎が作った大人のおもちゃのこと。

一瞬だけ目を見開いたが、未央はクスクス笑いながら『望むところだ』と男前な顔で許可を与えた。

夢オチ♥触手エロエロ小説

※触手が苦手な方はご注意ください♪

ふと目が覚めた布団の中で、未央《みお》は脇に置かれた目覚まし時計を見た。

午前二時。

つい先ほど消灯して就寝したばかりなのに、なぜかひどく眩《まぶ》しい。

五日前から虎太郎《こたろう》が一週間の海外出張に出てしまい、未央は今夜も寂しい独り寝の褥《しとね》の中だった。

「それにしても…おかしいな？　なんでこんなに明るいんだろう？　まだ朝じゃないはずなのに」

渋々とあたりを見渡してみて驚いた。

「え？　っ……ここは、どこだ？　俺、どこにいるんだ？」

自分が横たわっているのは見慣れた布団ではなく、虎太郎の会社の実験室にある寝台の上だった。

この実験室は前に一度、虎太郎に連れてこられたことがある。

「うわっ…なに、これ…どういうこと？」

さらに驚くことに、未央は全裸で寝かされていて、両手両足は革の拘束具で固定されている状況だった。

「嘘《うそ》だろう？」

服を脱いだ記憶も、台の上に拘束された記憶も一切ない。

急に羞恥《しゅうち》と不安に襲われて装置をまじまじと見て気づいたが、台の真上の天井部分には、無数の太い紐《ひも》状のものがぶら下がっている。

「でも…どういうことだ？　俺、いつの間に実験室に来たんだろう？」

経緯についてはまったく記憶がないが、これから始まるのは虎太郎が開発した大型機械の実験であることは間違いなさそうだ。

未央はまじまじと乳白色のホースを眺めてしまう。

もしかして、あれが降りてきて自分を責めるのだろうか？

想像すると少し怖かったが、いやらしく調教された身体がすぐに熱くなって、興奮で満ちていくのがわかった。

「今からこの装置で、自分はどんなふうに責められるのかな…」

天井部分からぶら下がっている紐状のものは、まるで太いシダの蔓《つる》のように見えたが、色はとてもカラフルで綺麗《きれい》だった。

「では、実験を始めます」

唐突に実験開始を告げる声がして脇を見ると、そこにはいつの間にか白衣を着た虎太郎が立っている。

「え…虎太郎？　おまえ、出張に出ているはずじゃ…？」

なんだか未央は混乱していた。

でも、ここは間違いなく虎太郎の会社の実験室で、目の前には白衣を着た虎太郎の姿がある。

やっぱり変だよな？

そして未央は気づいた。

「もしかして、これって夢…なのか？」

だが考える暇もないまま、さっそく実験が始まるようだ。

「なにを言ってるの未央さん。すぐに始めるからね」

虎太郎の視線が、裸で拘束された肌をねっとりと這《は》うのがわかって、アソコが熱くなってくる。

「まず最初に少しだけ実験のネタバレをしておくと、今から未央さんにはバーチャルの映像を観《み》てもらうんだ」

「……映像？」

「そう。それもCGの専門会社に依頼して制作してもらったから、とてもリアルに作られてる。で、僕が制作した新商品と連動して動くから、まぁ…あれこれ楽しんで」

「あの…それって、本当に起こるんじゃなく映像だけってこと？」

「そう。観ている映像は全部バーチャルだから、本当じゃないんだよ。でも身体《からだ》に起こることはリアルだから…」

「……どういう意味？　４Ｄってこと？　なんか、よくわからないよ」

バーチャルなのに、リアル？

なんだか理解できなくて少し不安だった。

「大丈夫だよ。未央さんの身になにが起こっても心配しなくていいからね。じゃ、まずはこれをつけて」

アイマスクとヘッドフォンが合体したような装置を、目に装着して固定される。

「なぁ虎太郎、俺に、なにを観せるんだよ…？」

ふわっとした虎太郎の説明だと、やっぱりよくわからない。

さらには、この物々しい大がかりな装置と真っ暗な視界にも、未央は完全に臆していた。

「面白い映像だから心配しないで。それに操作するのは僕なんだから安心していて。さぁ、始めるよ」

強引に実験が始まってしまった。

開始からしばらくすると、真っ暗だった視界の中、霧が晴れるように映像が見えてくる。

「え？　なに…ここ、どこだよっ…？」

今、未央の眼前に広がっているのはジャングルのような鬱蒼《うっそう》とした熱帯原生林で、自分は全裸でなにかから逃げている最中だった。

あたりには甘ったるい香りが実際に漂っていて、これはバーチャルなんだと自分に言い聞かせてみても、脳はこれが現実世界なのだと認識していく。

幸いなことに、植物も大地もすべてがオブジェのような美しい色や質感で、グロテスクなイメージは一切受けなかった。

「なんだ…ここ、まるでゲームの世界みたいな配色だ…」

耳を澄ますと、ダークグリーンの大地を蹴って走る音が実際に足下から聞こえてきて、それがあまりにリアルで息さえあがってくる。

映像と音の見事な融合に、本当に自分がバーチャル世界の中に入り込んでしまったようだった。

「ちょっ…！　な…に？　っ…！　うしろから、なにか追いかけてくるっ！」

地を這うような重く腹に響く音が、背後からゆったり追ってきて、懸命に逃げようとしたが、突如なにかに足が絡まってうつ伏せに倒れ込んだ。

「あっ」

そのとたん、周囲のエメラルドグリーンの植物から異様な形状の無数の触手がゆらりと伸びてくる。

だがその触手も綺麗なサーモンピンクで、まるでシリコン製のアンドロイドみたいな動き

くる。

「あっ、やだっ。なに、怖いっ……！　いやぁぁ。来るな。こっちに来るなよっ」

その時、コンピューターの電子ボイスのような加工された低い声が、突如頭の奥に響いてくる。

『ついに人間を捕らえたぞ……』

どこか聞き覚えのある声だったが、思い出せない。

シリコンの触手は一気に手足に絡みつき、未央の自由を完全に奪った。

「よせっ。放せ！　いやだっ」

『そう暴れるな。今からおまえを我々の雌《めす》にしてやるのだから喜ぶがいい。この肉体を変えて、雌の悦《よろこ》びを教えてやる』

驚愕《きょうがく》の事実を告げられ、未央は恐怖して逃げようとしたが…手足に絡まった四本の触手に身体を持ちあげられ、仰向《あおむ》けに返されてしまう。

「いや。いやだ…雌ってなんだよ！　そんなの絶対いやだ。俺は絶対、おまえらの雌になんてなるもんか！」

すでに未央は、リアルとバーチャルの境があいまいになっていた。

『威勢がいいな。だが、おまえのように気が強い獲物ほど調教し甲斐があるというもの。どれだけ抵抗できるのか、たっぷり性根を見せてもらおう』

手首と足首に絡まった触手がヌルッと動いて、両手両足がゆっくりと割り裂かれていく。

「いやぁぁ！　足…広げないで…ああ！　そんなに大きく広げないで、見え、てしま…からぁ…」

だが、それだけではなかった。

今度は先端にスリットの入った細めの触手が二本伸びてきて、それぞれ左右の乳首の周りを違う動きで撫《な》でまわし始める。

「やっ。そこは…ぁ、ダ…メぇ。離れて、乳首…だ、だめっ！　それ、ザラザラして…ぁぁっ…いやぁ」

必死で胸や腰をくねらせて触手から逃れようともがいても、手足をがっちり触手に捕らえられていてかなわない。

『さぁ、正直に答えるがいい。乳首を嬲《なぶ》られるのは本当にいやなのか？　どうだ？』

乳頭をしきりにこすっていた触手が、いったんそこを離れて未央の目の前に現れると、先端のスリット部分が開いていきなり無数の白いヒゲが生えてきた。

「いやっ…なんだよ、これ…！」

その複雑で卑猥《ひわい》な形状を、わざと獲物に見せつけているような動きだったが、やがて触手は再び乳首に向かって伸びていき、細い白ヒゲで乳首の頂きばかりを舐めまわし始める。

「ひっ…やだっ。ヌルって、して…やぁ、それっ。ダメぇぇ」

触手に巻きつかれてがっちり拘束された白い肌はみるみる上気して、薄紅色に染められていく。

「あぁ、だめ、胸は…だめぇ…」

『胸ではわからんな…胸の、どこがダメなのだ？』

吐く息も荒く熱く、喉から漏れる声はすでに甘美な喘《あえ》ぎでしかなかった。

今、未央が観せられている目の前の情景、それは。

カラフルな色をしたジャングルの奥地に迷い込んだ自分が、得体の知れない軟体植物に手足を拘束されて乳首を触手で舐めまわされている…という非現実的なもの。

「あぁっ…はぁ、あん。うう。ちく…び…だめ。そこ、ばっ…り、はダメ。もぉだ…め……あぁっ。す…ごい…乳首…は。ぁん、ぅ…ふ…」

『嘘をつけ。本当にいやなのか、正直に言ってみろ。どんな感じだ？』

未央はすでに、触手の化け物に洗脳されてかけていた。

「…本…当は、怖…いけど…気持ち、ぃい。乳首…いじめられるの、すごく…気持ち…いい…ぁぁん…ぅ」

『ふふ、ようやく素直になったな…ではまず、ここを一番最初に雌化してやることにしよう』

未央は不安に襲われ、あわてて首を前に倒して自分の乳首を見る。

するとI視界に飛び込んできたのは…白いヒゲが絡まってひしゃげた己の乳首という、壮絶にいやらしい光景だった。

「あぁ…そんな…俺の、乳首が…めちゃくちゃにされて…るよぉ…」

頬を赤く染める未央が凝視する中、白いヒゲの一本が長く伸びてきて、それがいきなり乳頭のくぼみを探り始める。

『さぁ、では今から乳が出るように、おまえの胸を雌に変えてやろう』

次の瞬間、乳頭にある乳孔を探るようにして長いヒゲが潜り込んできた。

「はぁうぅっ！　いやぁ…いやだ。やめてっ！　なに？　あ、あ、乳首、中…入ってこないで。やだっ。やだよっ…ぅあぁ。なに？　なに！　嘘だっ！　これ、なにか…入れ…てる！乳首の中…に、なにか、入れてるよぉっ…」

すでに未央の意識では、これがバーチャルだという事実は消え失《う》せている。

今わかるのはただ、未知の軟体植物が触手のヒゲを乳頭に無理やり差し込んできて、なにか樹液のようなものを注入しているという状況だけ。

「やだっ…ぃや。あぁ……お願いっ…入れないで…やぁぁ…」

己の乳首が嬲られている光景を見たくなくて顔を逸らせようとしたが、首にゆるやかに巻きついてきた触手が目を背けることを許さない。

だから未央は己の乳首がめちゃくちゃに犯されている光景の全容を、余さず見せつけられてしまう。

逆らうことも許されないまま徐々に乳輪がふくらんでいき、樹液の注入を終えた触手がヒゲをゆっくり抜き去った。

そのとたん、

「はあぁぁ！　やだっ…どう、して？　嘘だ…乳首、から。出…る、なにか…出る…よぉ…ぉおっ」

乳頭のくぼみから、一気に乳白色の乳のようなものが噴きあがって飛び散っていく。

その時、乳首全体が根元から絞りあげられるような疼《うず》きと、こそばゆい奇妙な快感が生まれ、全身に広がっていく。

「んぅぁぁ…ぃい！　これ、ぃぃ…すごく…ぃ…ぃよぉ。乳首、こんなすごいの…初めて…んぁぁぁ…ぁあ。はぁ…ん！」

乳を噴きあげる時の興奮はすさまじい快楽を未央に与え続け、雄茎は一気にふくらんで勃《ぼっ》起《き》する。

もちろんすべてはバーチャルなのだが、あまりにリアルな映像と連動した責めを与えられ、未央はすでに異世界の住人だった。

『素晴らしい放乳だったな。だがこれで終わりではない。また乳を出してもらうぞ。おまえは可愛い雌だから、何度でも放乳する姿を見せてもらおう』

嬲りものにされていやなはずなのに、信じられないほど乳首が気持ちいい。

えも言われぬ未知の快楽に溺れて堕《お》ちていく未央の胸中で、抗う気持ちと受け入れたい気持ちがせめぎ合っている。

「ぁぁ…また、だなんて…そんな。だめ。もぉ…乳首は…やめて、お願い。もぉ…やめてぇ…」

触手は執拗《しつよう》に乳首に絡んでそのヒゲで乳頭をしゃぶり続けていたが、未知の植物の目的はさらに他に向けられた。

『ならば、乳首は許してやろう…だが、次は……ここにしよう！』

「え？　な…嘘。あぁ、やだ！　だめ。そこ…は、やめてっ…あぁ。本当に、そこは…ダメえ……」

表面がざらついて吸盤のようなものがついた触手が、今度は陰茎に絡みついて上下にこすって絞りあげてくる。

「ひっ！　ぁぁ、ぅん。こんなの…絶対いや…なのに。ぁ…すごく、いぃ…いぃ、よぉ…はぁぁ」

先端にヒゲの生えたさっきの乳首責めの触手が再び伸びてきて、今度は陰茎の先にある鈴口に、長い触角を伸ばして挿入を試みてくる。

「そこは、お願い。ダメ、本当に…だめ。中、やだ。入ってこないで！　ぁぁ、やめてっ。

やあぁぁ。だめ…なのに…入ってくる。入って…あぁぁ、ぃぃ。いや、ぁ…ぃぃ。気持ち…いいっ…」

未央の唇の端からは粘ついたよだれが垂れ落ち、法外な喜悦にまみれて支離滅裂な言葉が漏れ続けている。

気絶しそうな快感に侵された肢体がビクビク揺れるが、ある程度の抵抗はできても拘束はまったく解けなかった。

『ここもダメなのか？　わがままな雌だ。では、ここは…どうだ？』

触手によっていよいよ両足が大きく割り裂かれてしまい、今度は先ほどとは違うクリスタルブルーの太いシリコン触手が足のつけ根に伸びてくる。

それを見て、未央はいよいよ己の後孔が犯される時がきたのだとわかった。

「いやぁぁ。やめて、いやあああ。それだけは許し…て。それだけは…お願い、他のことならなんでも言うとおりにする。だから、そこだけは、許して…お願い…許してぇぇ」

それでも胸に湧き起こるのは、恐怖ではなく興奮だけだと自分でわかっている。

「お願い、あふ…ぁぁん、これ以上…嬲りものにされたら、俺、本当にこの化け物に……雌に…変えられて…しま…う」

次にどんなふうに嬲られるのかを想像すると、雄茎からまた淫蜜が垂れ落ちてきた。

嘘っぱちの拒絶を口にしてても取り合ってもらえず、広げきった足を高々と持ちあげられると、孔《あな》が歪《ゆが》んで丸出しにされる。

『乳も出る雌に成長した可愛いおまえには、褒美として最高の快感を与えてやろう。今から、おまえの中に、たっぷりと蜜をそそいでやる』

「ああっ！　そ…そんな…やぁぁっ。許して…許して！」

未央は興奮し、全身を淫《みだ》らにくねらせて触手の拘束から逃れようとしたが、本心では得体の知れないものに犯される被虐的な己に甘く酔いしれていた。

そしてついに、クリスタルブルーの太いシリコン触手が、未央の後孔に強引に潜り込んでくる。

「あぐぅ！　うぅっ…挿《はい》ってく…る。中…に…太い、太いの…が…挿ってく…る。いやぁぁ…はぁう…んぁ」

そのまま、しばし触手で中を犯され続け、未央は恍惚《こうこつ》とした悦びに飲まれていった。

やがて、後孔を責め立てていた触手の先端から、突如として別の形状のものが姿を現した。

それは硬いシリコン製の球体が連なった形状のディルドーのような見た目で、今度はそれがわざとゆっくり後孔に挿入されていく。

「はぁっ…あぅ…挿って…くる。なにかが、中に…いやぁぁぁ。やめて、中、ゴロゴロってして…ぁぁ、そんな奥まで、入れ…ないでぇっ」

未央が観ているすべてはバーチャルだったが、今の未央にとってはこれらすべては現実だった。

再び差し向けられた触手の白ヒゲに乳孔をもてあそばれて陰茎も揉《も》み扱《しご》かれ、連なった球体に後孔を犯される。

ありとあらゆる性感帯を嬲られ、化け物にもてあそばれ続ける生け贄《にえ》の身体。

「あ…ぁぁ…すごい…中がごろごろって…動いて、る…ぁぁ！　もっと、挿《い》れて。中に…いっぱい…気持ちぃぃ…ひぃ…ぅぅぁっ」

『どうした？　腹にたくさんの玉を挿れてもらって嬉しいのだろう？』

「あぁ、ぁ…動いてる。中で…玉が、こすれてっ…。あ、ああっ……気持ち…ぃぃ……」

触手によって大きく開脚され、連球バイブが奥まで差し込まれては抜かれてを、延々と繰り返される。

「ひっ…。っ…ぁぁん…ぅん。いい、すごく…いぃよぉ……お願い、もぉ、イかせて…ぇ。お願い、お願ぃ……ぃ」

乳白色に光る玉に後孔を嬲って犯しつくされながら、未央はついに絶頂の瞬間を迎えた。

それはあまりに強烈で、これまで経験したことがないほどの快感の中での射精だった。

「ひぁぁっ…ぃぃ、ぃぃ……あぁ…ぅぅ」

壮絶な充足を与えられた未央は、天使のように清純な微笑《ほほえ》みを浮かべながら、その視界をゆっくりと暗転させていった。

目を覚ますとそこは先ほどの実験室で、未央はまだ円形の台の上に寝かされていた。

だがすでに手足は自由になっていて、どこも濡《ぬ》れた感じがしない。

すぐそばには、もちろん虎太郎の姿があった。

「…虎太郎？　…あの」

「あぁ、未央さん安心して。もう終わったからね。気分はどう？　大丈夫？」

妙にスッキリとしていて、未央は平気だとうなずいた。

「いろいろ無茶なことしてごめんなさい。でも、そのお陰で素晴らしいデータが取れた。実験は大成功だったよ。それに未央さんも、すごく感じてたしね」

その言葉で、今までのことを赤裸々に思い出してしまった未央は急激に頬を染める。

「ぅん、俺…虎太郎の仕事の役に立てたならよかった。でも今回はちょっとだけ…おっかなかったかな。あ…でも、あの映像はわざとCGっぽさを出してるんだよな？」

「わかる？　そうなんだ。あんまりリアルな映像だと、いやでしょう？」

「うん、そう思う。変な植物も綺麗な色だったから、まださ…大丈夫だった。それに…すごく気持ちよかったし」

恥ずかしそうに告げる素直な未央の髪を、虎太郎は愛おしげに撫でる。

「そっか、それならよかった」

「なぁ虎太郎、さっきの実験、本当にこの身で体験しているような感触だったけど、いったいどうなってたんだ？」

寝台の真上に設置された仕掛けから下がっている、無数の紐状のシリコン。

それを見あげて未央は尋ねてみる。

「もしかして…あれがさ、実際に自動で動いて、俺のこと…その…」

「あぁ、うん。そうだよ。あれが未央さんのいろんなところに、絡んだり挿ったりしたんだけど。でも自動じゃなくてアナログだったんだ。僕があれを引っぱって、いろいろと操作してたってわけ」

「え？　ええっ？　さっきの、マジで…全部が手動だったの？」

「そう。そこのモニターを観ながらね」

未央が観せられていたのと同じ映像が実験室のモニター画面にも映るらしく、映像に合わせて虎太郎が手動で操作していたらしい。

「もしかして、あの触手の化け物の声も…」

聞き覚えがあったのは、虎太郎の声だったからだ。

「そう、僕がしゃべってたんだ」

種明かしを聞いたら、なんだかおかしくて噴き出してしまった。

「なんか、想像したら笑えるんだけど」

虎太郎は頭を掻きながら、肩をすくめてみせた。

「ねぇ未央さん、今日は無理な実験をお願いしてごめんね。でさ、今から僕にちゃんと抱かせてくれる？」

返事をする前に虎太郎がのしかかってきて、また大きく足を広げられる。

ゆるんでしまったアソコが丸見えで、少し恥ずかしい。

「今度は僕ので、イかせてあげるから」

「うん、俺もちゃんと抱いて欲しい。なぁ、早く来いよ虎太郎」

服を脱ぐ間も惜しいのか、虎太郎は甘えるように鼻を鳴らして未央を組み敷いていった。


朝、目が覚めると未央は自分の部屋の布団の中にいた。

信じられないことに、下着の中がぐっしょりと濡れているのを感じて、ひどく恥ずかしくなる。

「あぁ～マジか。さっきのは、やっぱり夢だったんだな。でも、めちゃくちゃ気持ちいい夢だった」

思い出すと、また股間が熱くなってくる。

「そうだ。夢で見たあの装置、虎太郎に提案してみようかな？　そうしたら、さっきのが現実になるかな？　なったらいいな…ふふ」

そんな不埒《ふらち》なことを密《ひそ》かに願いながら、未央は虎太郎を想って二度寝することにした。

あとがき

こんにちは。早乙女彩乃です。正直、今回のお道具エロ小説は自分史上で一番ハードルが高かったです。しかも触手エロもあって、相当な覚悟で書いたと言っても過言ではありません（笑）。でまぁその、このネタで書くと決めてから、世間一般程度の知識しか持たない私は当然、大人グッズのリサーチを始めたわけですよ。要するに、その手の品が載ってるサイトをまわって…ですね。しか〜し！　なんか本物の大人のおもちゃって、あまりにリアルすぎると言うか。グロテスクな商品が多くて、探すほどに冷めていく自分を感じたわけで……結局はもう、『想像で書いちゃえ！』って結論に至りました。

なので、本書に出てくる多くの大人のおもちゃは、早乙女のねつ造品でございますので本物はほぼ存在しません。そう割り切ったとたんプレッシャーから解放されて、ぐっと書きやすくなりましたよ。中でも一番のお気に入りは、ニップルキャップという乳首責めグッズです。他にも虎太郎の目線になって最新グッズの機能もいろいろと工夫を凝らしたので、高性能なおもちゃをたっぷり楽しんでもらえたら嬉しいです。

まぁがっつりエロは入ってますが、今回は幼なじみ二人の高校時代から社会人に至るまでの本気の恋愛模様を詳細に書きました。ヘタレ攻が大好きな私は、虎太郎はお気に入りのキャラですし、男前な未央はいじめ甲斐のある受だと思います。普段は強気の受がセックスで逆転されるというギャップ萌を楽しんでいただけたらと思います。

すがはら竜先生、今回はこんなエロハードルの高い作品の挿絵を担当していただき恐縮です。でもハードな小説だからこそ可愛い絵柄の先生に描いていただく必要があったので本当に感謝しています。今回の主役キャラは二人とも実年齢より精神面で若く、学生っぽさを残した設定で書いたので、その点も絵に反映していただきありがとうございました。

いつもお世話になっている編集のOさま。以前、触手のリクエストをいただいていたのに、なかなかそれに合う話がなくて書けずにいましたが、今回ならいけると思いました！　本編に入れるのは少し無理があったので夢オチ番外編になりましたが、自分的には新しいチャレンジができてすごく新鮮でした。ありがとうございました。

今回もこんなヘボ作家の話を読んでくださった皆様、本当にありがとうございました。是非また、次回の作品でもお目にかかれることを祈っております。

早乙女彩乃先生、すがはら竜先生へのお便り、
本作品に関するご意見、ご感想などは
〒101-8405
東京都千代田区三崎町2-18-11
二見書房　シャレード文庫
「大人のおもちゃ♥とマジ恋」係まで。

本作品は書き下ろしです

CHARADE BUNKO

大人《おとな》のおもちゃ♥とマジ恋《こい》

【著者】早乙女彩乃《さおとめあやの》

【発行所】株式会社二見書房
東京都千代田区三崎町2-18-11
電話　03(3515)2311[営業]
　　　03(3515)2314[編集]
振替　00170-4-2639
【印刷】株式会社堀内印刷所
【製本】ナショナル製本協同組合

落丁・乱丁本はお取り替えいたします。
定価は、カバーに表示してあります。

ISBN978-4-576-16046-7

http://charade.futami.co.jp/

CHARADE BUNKO

スタイリッシュ&スウィートな男たちの恋満載
早乙女彩乃の本

一億円分、身体で払ってもらう
結婚詐欺花嫁の恋
～官能の復讐～

イラスト＝水名瀬雅良

結婚詐欺を働いた悠斗は夫だった圭吾に見つかってしまう。愛ゆえの反動に理性を蝕まれ、凌辱、媚薬とあらゆる行為で屈辱を強いる圭吾。悠斗はその報いを甘んじて受けていた。なぜなら――。

俺は今、強姦魔なんだから泣くほど犯してやる
変態彼氏のアイドル調教

イラスト＝相葉キョウコ

神尾の同期の白鳥はアイドルの有紀の大ファン。彼女そっくりの容姿が災いし、女装デートにメイド服での初Hなど…ありとあらゆる変態行為を強要されることになった地味眼鏡の神尾だが…。